55°的距離

鄭亦翔——著

目錄

推薦序

愛人與被愛能給人希望與力量

作者是我的忘年交，每次與他見面都滿心期盼著。談話內容總是輕鬆有驚喜，收穫滿滿，能看見自己，也看見身邊不一樣的平行世界，觸發新的生活與工作領悟與靈感。這位年輕朋友，總是能用與我不同的視角洞察看待身邊所有發生的事物。

這次疫情，使得習以為常的生活重心與步調，有了重新的認識與調整。以前只在末日電影內看過的蕭條景象，真實的發生在我們身邊。至親好友，受疫情影響而忽然永遠離開我們。對疫情的感受，雖仍心有餘悸，但那份緊張與恐懼感，在世紀疫情剛剛解封，生活也慢慢恢復，開始忙碌起來的當下，記憶已經有些鬆懈模糊。很高興在這個時候，讀到好友的這本《55°的距離》。

透過這部小說，過去三年疫情肆虐的經歷如實的再度被喚起。這本書提醒了我，世上最重要且最有意義的事，就是能夠有機會跟所關心所愛的人在一起，來得及跟人好好的道歉、道謝、道愛、與道別，能夠好好地陪伴他們，不留遺憾。如果過去，我們錯過了，那麼從現在起，把握機會，不再錯過。

雖然自己也年輕過，但對於現在青年或青少年孩子們的看法、所面臨的挑戰，個人能理解與同理的部分其實相當有限。在看《55°的距離》時，跟隨著作者詼諧幽默又不失真誠的筆觸，好像自己又年輕了一次。原來，儘管世代不同，年輕人眼裡的世界，所關心在意的事，仍是一樣的。孤獨，能讓人失去生存的勇氣。愛人與被愛，能給人希望與力量，需要一輩子用心對待付出。

很開心能有這個機會，誠摯推薦《55°的距離》，希望你也跟我一樣，閱讀時喜悅充滿，能更珍惜當下。

豐農電股份有限公司董事長
壽圓文教基金會董事
黃伯仲

好久以前——

晚霞下，眼前的城市充滿死寂與破敗，兩位身著厚重生化防護服的人對望著彼此……要是能回到世界失序前，或許兩人就不會出現在這裡。

海鳥拍打著翅膀，在岸邊著陸，船隻靠港，穿著防護服的人員小心翼翼的踏上碼頭，岸上慢慢出現在地的難民……

「雅芸學姊！」

台北夏天的午後，即使到了暑假，大學校園內仍有不少學生悠哉的在走廊閒聊、騎著單車，不過這時間並非所有人都在享受外頭溫暖的陽光。

在圖書館午覺中的一位女孩，睡得香甜被人喚醒。她叫林雅芸，是行政學系的畢業生，回學校圖書館讀書，不用想就知道喚醒她的是浩晨學弟，一個超商紙杯放在她眼

前，香濃的巧克力味道隨蒸氣飄到雅芸鼻子旁。

「學姊，我帶了熱可可給妳，因為妳說不喜歡咖啡，我就想說換可可給妳提神。」

雅芸無奈的抬起頭：「喔，就跟你說別麻煩，而且這裡又不能喝東西。」

再用眼神示意一下附近請勿飲食的告示牌，這位熱情男孩尷尬的笑了幾下，如同一個害羞的小孩子，沒多說什麼就離開。

說來奇妙，這傻小子是學校生命科學系開朗的男孩，前年在通識課上分組做報告認識雅芸後就開始追求她，追到成系上同學們的八卦話題。不過雅芸現階段只想拼明年國考的鐵飯碗，根本無心談感情，有時對於這樣天真又高調的男生反而有些反感。

上個月國考剛結束，很顯然的首次上陣寫起來並不如意，大部分的答題都沒有把握，這次就當作是練兵。接下來的一年雅芸已擬定好計畫表，報名了衝刺班，相關書籍都擺在書桌前，並看網路文章分享。若要當個全職考生，除了努力外還要有慧根，要重考幾年沒人說的準。

想起以前求學階段，跟大多數人一樣考上大學、準備就業，選的科系也往往漫無目的，僅憑高中時候的多元選修課程揣測，最後選擇一個不確定是否適合或是有興趣的科系，就這樣考上了行政學系。被問起這個系出來要從事什麼行業還真答不出來，在這年頭，無法學以致用早已見怪不怪，大四同學們個個陷入迷茫，但至少這系所學的課程很適合拿來考公職，無論是上網爬文或是聽父母分享職場經驗得到的反饋都差不多。長年低薪環境、私人企業高壓競爭的職場環境、通膨持續攀升的情況，若能直接考上在地公家機關得到鐵飯碗，在這大環境不佳的情況下絕對是在好不過。媽媽雖然不是公職，但在郵局上班的她也推薦考個公職，至少比其他國營相關事業穩定有保障。她默默想著，眼神又回到書本上繼續研讀。

回到家中，媽媽上班的工作服還沒換，看得出剛回來正料理家事。可是沒見著爸，看來爸今天又要很晚回來了，平時他工作忙碌，但這次晚回家並非加班。

「爸，今天該不會又去阿嬤家？」

「嘿丟，又去那，我還得準備明天要給阿嬤的便當。」媽媽聳聳肩，無奈的說。

雅芸走向冰箱看有啥好吃的：「我早就說要不要考慮找個看護。」

「貴啊！妳以為現在這麼好請？」媽媽見雅芸開冰箱，立刻打斷她嘴饞的意圖：

「欸！不要貪吃齁！要吃晚餐了！」

雅芸看冰箱也沒啥好吃的，又關起冰箱。

「我以前學校的教授說以後當看護很好賺，可以去長照機構服務。」

「那妳去啊，先來照顧妳阿嬤，當作實習！」

「也不是不行啦，只是我現在很忙要考試。」雅芸雖這樣說，但又沒什麼意願。

住在桃園的奶奶年紀已大，患有阿茲海默症，生活已經快沒自理能力，幾年來總是忘東忘西，都是由單身的大伯在照顧，爸爸說阿嬤以前得過新冠病毒，有腦霧症狀，可能是這樣引起的。雅芸從小跟奶奶沒什麼交集，只有過年的時候會跟爸回去拜年，在高三的時候阿嬤已經快忘記有她這孫女了，如今阿嬤連對親近的大伯，也就是自己的兒子，也忘記他的名字。

爸爸滿臉疲憊的回到家，一進門就打開電視。又是最近正夯，有著辣妹啦啦隊熱舞的職棒轉播，看著熱熱鬧鬧的轉播分擔了他的疲憊感，開始跟媽媽講照顧奶奶的事情。奶奶似乎失智症越來越嚴重，還有時會動手打人，不過這個煩惱還是先交給爸爸處理好了。

「雅芸！」

「幹嘛？」

「倒垃圾！」

媽媽從廚房喊著，外頭隱約聽到垃圾車的聲響，既然不幫忙照顧奶奶，雅芸在家的功能就是幫忙倒垃圾。

「這一球……大暴投，唉呀，這二壘手似乎狀況不好，真是太詭異了，今天雙方在五局各有兩項嚴重失誤！這很罕見啊！好，我們看到跑者已經回到本壘。」電視傳來吵雜的啦啦隊應援及球迷的喧鬧，爸爸目光又回到轉播想放鬆心情。

雅芸來到街角，已經有眾多附近居民集結等著垃圾車來，大家各自滑手機做自己的事，直到垃圾車聲音越來越近，大家才隨著聲音慢慢移動腳步。雅芸也跟隨眾人往聲音處移動，但眼角餘光發現前方有人擋住，抬頭一看是一位滿臉疑惑的中年婦人，雙手提著垃圾袋東張西望，雅芸沒多想，只是將手中垃圾往垃圾車裡扔。

返回之際，一位熱心的清潔隊人員上前關心：

「小姐，您是要丟垃圾嗎？」

「啊！」那位婦人就像頭頂多了個燈泡亮起：「對對對，我是來倒垃圾的。」

雅芸心想怎麼剛才還在討論奶奶的失智症，在路上就遇到一個疑似失智的婦人？大概是多想了。

雅芸不知道的是，那位清潔員幫婦人倒完垃圾後又在現場找到另一位同樣是雙手拿垃圾袋又一臉茫然的中年男子。

「先生，您是要丟垃圾嗎？」

「喔！對……謝謝。」

一轉眼，時間晚了，雅芸準備上床睡覺，同房的妹妹這時才剛回家洗完澡，姊妹倆睡在上下鋪。

手機跳出訊息，是浩晨傳來的關心問候，還有一些國考的相關連結。

「誰！」妹妹興奮來到雅芸身旁，淘氣的問。

雅芸習以為常側著身子，知道她又要來八卦。

「又是他喔！」妹妹不給她解釋的機會。

「對啊……」

「果然！他真的追很勤欸！」

雅芸關起手機準備蓋被子：「還不就那個樣。」

妹妹的話匣子被雅芸給打開：

「明知道他喜歡妳，怎麼沒想給他一個機會？而且也沒看妳想拒絕他的意思呀。」

「不是我不想拒絕他，只是我不知道該怎麼拒絕。」

「喜歡就喜歡，不喜歡就不喜歡，啊妳到底喜不喜歡他？」妹妹詭異的笑著，貼緊她的臉，逼問雅芸。

「喔呦，他就只是一個天真、呆呆的學弟，我只是懶得花心思想要怎麼拒絕，再說妳也不是不知道，這種殷勤過頭又浪漫的男生很多都嘛是渣男。」

「欸！還真的！我們班就有這種渣男沒錯。」她回到書桌前對著鏡子整理瀏海，繼續跟雅芸閒聊：「那不然妳說說，妳的理想型是哪種男生？」

「這我是沒想過，等以後再說。反正不是這學弟啦，現在沒心情談戀愛，我現在要找打工、補習、準備明年的考試。」

「聽妳這樣講，我好像感覺到畢業生的壓力……」妹妹又拿起小剪刀專心修著瀏海。

「等妳到大四就知道了齁。」雅芸沒什麼想法，躺下蓋上被只想早點休息。

妹妹雅真今年大三，小了雅芸兩歲，跟一般女孩一樣，很愛追流行、愛化妝，善於交際，瘋系學會活動，愛玩活潑的個性跟文靜的雅芸有些落差。雖然跟雅芸相比，雅真課業方面並不優秀、對人生毫無規劃，不像姊姊那麼務實，但身處在國考衝刺的階段，蠻多時候還挺羨慕雅真那樣能享受青春。如果時間能倒回，且不必煩惱未來工作的事情，或許雅芸也會跟雅真一樣放得開，把書本丟一旁，開開心心的做自己吧！

行政學、政治學、法學緒論、公文格式寫作，還有……浩晨學弟，腦海裡盡是些複雜又無法快速解決的待辦項目，唯有深夜來臨時，伴隨著疲憊感，才能暫時將煩惱藏在腦海深處，此刻床墊絕對會是你世界上最棒的朋友。

次日，雅芸起床，整理書桌上的講義與筆記本，稍微打理一下自己就出門，新的一天開始了。

在台北車站附近的南陽街一帶是國高中生的補習勝地，也是公職補習班的聚集地，在補習班內學生年齡層很廣，跟上回參加國考時候差不多，二十歲初到四十歲的都有。講台上老師講著課，雅芸認真作筆記，絲毫不敢分心，但講到一個段落時似乎又聽到剛才重複的內容。

「老師，這段講過了。」一位學生舉手提醒。

「啊這樣子喔……我以為沒有講過。」老師在講台上滿臉疑惑，也顯得尷尬，趕緊再將講桌的講義翻閱。

「這邊已經講了第三遍了。」台下另一位大姐學生補充提醒。

老師傻笑的自嘲：「可能我老了記性不好，哈哈……」

此時雅芸的手機跳出訊息，原來是浩晨傳訊來詢問等等是否要在外面吃飯。又是浩晨學弟的邀約，想起了雅真昨天說的話，既然沒特別喜歡對方卻又不想拒絕，這樣也不是辦法，只能想辦法委婉的跟他下點重話，並告訴他接下來她只想專心讀書沒有心思在其他方面。

下課時間到了。

「學姊！」那熟悉的聲音傳來，才剛從補習班出來，浩晨就已在門口守候，看得出來浩晨的穿著有些特別，衣服還是特別挑過的，就像準備約會般。對於他熱情的問候，雅芸不為所動，只是示意他趕緊找地方吃飯。

「我們去轉角那間新開的餐廳如何？」浩晨說的那間餐廳價位不算低，也比較有氣氛，不過雅芸不是省油的燈，當然不會順著浩晨的話。

「沒關係，我今天想吃簡單的，那邊巷子有很多小店。」

浩晨聽了摸摸鼻子，今天的打扮瞬間無用武之地，跟著雅芸走去巷子內。

這條巷子狹窄，但開了很多簡餐店，放眼望去都是三菜一肉用紙盒裝的便當。

「就選這裡吧！」雅芸沒多想就領著浩晨進去。

「那我去幫妳拿湯。」浩晨有些緊張笨拙的想幫忙，趕緊到鍋桶那裡舀湯。

看樣子這小子真以為是要來約會，雅芸心裡這麼想著，但真心希望浩晨別有這種念頭。

望著便當裡的飯菜，看著店內電視的新聞報導，不知等等該怎麼跟浩晨說。

「火勢已被撲滅，目前有兩位居民暫時失去生命跡象，已送往就近醫院，這是目前在新北板橋區的最新情況，若有最新消息我們將即時提供。焦點轉到國外，位在埃及蘇伊士運河又發生了卡船意外，一艘巴拿馬籍貨船在當地時間四號上午八點左右，疑似因為引水人操作不當……」

浩晨的身影擋住了電視來到雅芸面前坐下，距離上次兩人在這樣坐下用餐已是兩年多前的事。當時在學校的學生餐廳用餐，因為選修通識課同組才見面一起討論報告主題，在下學期浩晨在系上活動半開玩笑向雅芸告白後，為了化解尷尬雅芸便沒有再與浩晨接觸，但這並未使天真的浩晨打退堂鼓。

想當時，系學會辦的團康活動中有個橋段叫「真心話大冒險」，浩晨就在眾目睽睽下大喊：「林雅芸學姊，我喜歡妳！」那時雅芸在場，聽了翻了翻白眼，感到無言。這行為在她眼裡就像國中生那樣幼稚，在大家的喧鬧下，當時雅芸只是笑笑尷尬帶過。

時間回到現在，浩晨大方的想搶先請客付錢但被雅芸客氣制止，他見狀也只好順著雅芸的意各付各的。

到了座位，浩晨開啟了話題：

「學姊，跟妳說喔，我們學校那座水池最近被抽乾了。」

「嗯哼。」雅芸開始用眼前的便當，大略的聽他說。

「前陣子資工系一群人有人玩遊戲，以跳進水池裡面當作處罰，結果學校就不爽把它給抽乾，我們下一屆學弟妹原本還說也準備要玩跳水池的活動，給大一新生下馬威。」

不出雅芸意料，浩晨盡講一些沒什麼意義的學校八卦。

原先預期雅芸會有興趣的浩晨發現無法起作用，只好收起話匣子，開始關心起雅芸。

「學姊最近補習準備的還順利嗎？」

「還行，蠻多考科其實是我系上就有讀過的東西，現在就是再加深一遍。」

「原來如此。」浩晨點了點頭。

「你以後應該不會想考公務員吧？我看你們理工系的出路蠻多的。」

浩晨搔搔頭皺眉想了下：「我覺得還好啦，我們生科系的出來就那幾條路，聽蠻多學長姊畢業好像也沒做相關產業，除了繼續碩士之外，有人賣保險、有人做外送，只有少數幾個學長姊有考到證照去做實驗室檢測人員那些的，你也知道我們系就是整天窩在實驗室啦！」

「那你自己呢？有沒有想過畢業後要幹嘛？你明年六月就要畢業了。」雅芸認真的問。

「就先當兵吧，我沒提前服役。」

「我是說當完兵後。」

「暫時沒有，我可能先回桃園老家吧，再找工作，可能通勤台北。」浩晨回答的有些模糊。

「我是覺得你應該要先規劃好自己以後的出路，不然到大四就會跟我們系的同學差不多那樣迷茫，不知道要幹嘛，然後工作有什麼選什麼。既然你是理組科系出來的就應該把握優勢，像你說的會考證照的學長姊那樣。」雅芸堅定的繼續說：「我自己是大三下的時候開始準備國考，因為我知道我不是什麼厲害的人，文組出路比較好的大概就是外文、會計那些的，可我又讀不來。不能說當公務員就會比較好，但至少相對安全、穩定有保障，像我親戚也有幾個上班被裁員的。我這次剛考完，我自己清楚不會上，還要再努力加強，我會繼續朝我的目標前進，就算試了幾年考不上我也會對得起自己，畢竟我有盡力去努力。」

浩晨聽了啞口無言，一時不知道該怎麼接話，只是尷尬的笑了一下點點頭，表示受用。

「所以我建議你該去想想未來，除非你去考研究所，不然你過不久就會脫離學生生活了，不能再像大一、大二那樣只要期末 all pass 就好。」

說到這裡，就像長輩在給晚輩壓力般，浩晨還是尷尬的笑著，把球給接下：

「學姊說的是……我會多想想未來該做什麼。」

雅芸自知前幾秒的話好像說得太沉重，低頭吃了幾口飯將焦點轉到他處，說著以前高中的往事稍微化解尷尬，浩晨也開始分享自己高中的點滴，只是談話間雅芸深知浩晨已經沒有剛見面時的那個興奮感。

兩人用完餐走出巷子，浩晨試探性的問：「學姊，要我載妳回去嗎？我車停附近。」

這時一台救護車經過，鳴笛聲打斷了浩晨的詢問，雅芸當然知道浩晨問了什麼，只是不太想回應，浩晨再問了一次雅芸才無法迴避的回答：

「喔，不用了謝謝。」

「真的嗎？我不會麻煩啦。」

「沒關係啦，我想搭捷運。」

見雅芸已回答這麼的死，也不好再說什麼。

「好啦，那……我先走嚕，今天跟妳吃飯蠻好的。」

雅芸只是禮貌性微笑了下，揮揮手跟他說再見，兩人才分開。

眾多乘客從月台走入捷運車廂，雅芸幸運的找到座位休息，行駛的列車上腦海不斷想著剛才的一切，似乎自己對浩晨說話的口吻太絕了一點。表面上說得頭頭是道，都是務實的建言，實際上可能內心是希望浩晨可以被這樣「柔性打擊」到而使他可以離自己遠點，當朋友可以，但是不要談感情。再說雅芸也希望自己未來若交了男友，對方也是務實的另一半，絕對不會是浩晨那樣天真、對未來沒規劃的傻弟弟。

「欸靠，坐過站了！」

「蛤?!真的欸！」

站在雅芸面前的兩位女高中生聊天聊得渾然忘我，其中一位女高中生發現兩人已坐過幾站，自嘲搭捷運多年竟會搞錯，兩人下車後車廂恢復寧靜。

回想起自己也曾是那樣清純的高中女孩，會跟著閨蜜們一起手拉手上廁所，一起逛街做美甲、畫睫毛、發限時動態、玩學校社團、辦聯誼、討論哪個男生很帥還有暗戀男生，這一切彷彿只是幾個月前的事。如今大學也畢業了，才慢慢感受到大人面對的壓力，那些小屁孩的時光其實才是最單純幸福的，浩晨那樣的天真也許也是他最後可以把握的時光吧，剛才對他所說的建言好像也不是這麼絕對。

不遠處，一位上班族乘客的表情與眾不同，獨自一人雙眼呆滯，不像一般的發呆……雅芸有稍微注意到但沒多做理會。到達目的地後下車時，那位乘客還在發呆像是在做白日夢，希望這不是出社會後壓力太大所致。

回到家就聽見媽媽正跟客服講電話，表示網銀被鎖，經過幾番折騰後終於成功登入。

「齁！我跟妳說，現在的APP比以前難用，隨便輸錯幾次密碼就被鎖定！」

雅芸走到水槽前洗手，平常心的說：「媽，妳那個是網銀，資安很嚴，當然操作失誤就會被鎖啊，現在詐騙很恐怖妳也不是不知道。」

「啊我只是想說轉點錢進來，妳不是要繳補習費？」

「媽，我會再找打工來支應開銷，不要費心啦。」

「妳好好專心讀書比較重要，家裡不用妳擔心。」

聽到媽媽這句話雅芸有些不捨，她知道這年頭大人賺錢、工作十分辛苦，希望自己能早日獨立生活減少給爸媽的負擔，尤其爸爸還得照顧奶奶。不過說來奇怪，媽媽平常用網銀用得很順，怎麼會忘記密碼，莫非是最近太累了？

對了，浩晨這傢伙不知道現在怎麼樣了，打開手機訊息沒有傳訊來，看來今天一番話應該是讓他卻步了，現在只好先這樣了，雅芸這樣想著。

學校的籃球場上，浩晨在跟他的死黨阿偉打籃球，兩人一來一往的運球、傳球，在仲夏的午後，身上遍布著汗水，準備著開學後系上的籃球盃比賽。兩人即將大四，這次比賽是畢業前最後一次了，但阿偉漏接球讓籃球滾到柵欄旁，他嘔著氣，抹著額頭上的汗水跑去撿球，浩晨並沒有責怪他。短暫舒展筋骨後見阿偉恢復狀態又繼續開始練習傳球，可才傳兩球阿偉又漏接，手指還被打傷。

「欸，還好嗎？」浩晨上前關心正在一旁撿球的阿偉。

「沒事啦，繼續吧……」阿偉一臉逞強的說。

「先休息啦，我也想先喝點水。」

浩晨察覺阿偉狀況不太好卻又不知其所以然，於是自己主動提議要先休息別讓阿偉逞強。說來有些奇怪，這種漏接籃球的事在印象中好像已經是國中之前球技比較菜的時候才會發生，阿偉大一就是系籃成員，但如今球技好像退步了。

兩人坐在樹下喝著運動飲料，阿偉揉了下手指開始問起浩晨他的追愛進度：

「啊你跟那個學姊還順利嗎？李雅芸。」

「是林雅芸啦，就……那個樣啊，最近是有見到面。」浩晨雙手玩弄著籃球，有些憋屈。

「喔?!那這樣很好啊！以前你不都約不到她！」

「是沒錯，只是見面不是很順利。」

「有見面還不順利？是怎樣個不順利？」

浩晨回想了下當天在便當店的情景，一時之間也不知道該怎麼說。

「唉呀，反正就是不順利，她好像還是一樣沒喜歡我，可能覺得我太屁吧？」

阿偉搖搖頭笑了下：「你也是蠻猛的，我記得那時候她是大三上跟我們通識課同組的，到現在你可以這樣追她追一年欸，要是我早就換對象追了，you know，天涯何處無芳草，我們班也有幾個不錯看的學妹啊，有幾個我看還沒死會的。」他做出一些想把妹的表情。

「對啊，一年就這樣過了還是沒進展，只能先這樣，現在她在準備國考，我感覺她對未來蠻有規劃的，想法好像比我還成熟，可能也是因為這樣才更有那種魅力吧？」浩晨自說自話的繼續把玩手中的籃球。

「不過我很意外，我之前追女生的經驗，通常對你沒興趣的早就不理你了，甚至還把你給封鎖，陳雅芸還能這樣跟你保持聯絡，欸！這也是我第一次聽到耶！」

「我也這麼覺得，可能她天性就是這樣吧，個性很好又很善良。」

浩晨喝了口水繼續說道：「她下個月生日，我打算親手畫素描畫給她。」

「什麼素描？你會畫素描？」阿偉愣了一下，心想畫素描這種美術課的東西，這不是女生才會做的事情嗎？

只見浩晨眼神再次燃起鬥志：「跟你說，就是要給她驚喜她才會記得我啊！」說完便拿起手機秀幾張圖給阿偉看，他不禁嘖嘖稱奇。

「哇靠，你真的很猛欸！這你畫的？畫的不錯欸，那你要怎麼給李雅芸？」阿偉很難想像眼前這位打籃球的兄弟也有點藝術細胞。

「這好問題，我還得再想想，啊你怎麼從剛剛就把她的姓一直講錯，一下說姓陳、一下說姓李。」

「有嗎？我剛剛不是說林雅芸嗎？」阿偉想了一下滿臉疑惑。

「你說李。」浩晨苦笑著表示。

「喔喔，可能我記成那個大二資傳系的，有個妹子叫李雅琴，我名字有點搞混了！」

「你說的那個李雅琴，她粉專帳號是不是叫什麼Sara的？」

阿偉馬上想起來：「欸對對對就是她，最近有時候會po騷照！啊剛剛講到哪裡？喔！你喜歡的那個學姊，陳雅芸，沒錯齁。」

傍晚，台北車站附近車水馬籠，雅芸在小攤販買了飯糰當晚餐，準備去補習班上課，飯糰算是單價低又能溫飽的食物了，還是省點錢好。準備過馬路，無奈剛亮起紅燈，只好停下腳步，不遠處看似兩台轎車發生擦撞，警察正跟兩位車主協調中，還有一名警察吹著哨疏導交通，好在當事人不是自己，要不然這種行車糾紛後續可是要拖很久的。

等紅燈時，人行道路口漸漸擠滿了準備去補習的高中生們、剛下班的上班族們，有人聊天、有人顧著滑手機，雅芸也運用等紅燈的時刻看著手機。

看著螢幕顯示的動態，快速瀏覽朋友的生活，了解同學出社會後的生活狀況，有面試新公司錄取的好消息、到國外打工遊學、與男友的甜蜜照、網美打卡勝地到此一遊等，似乎大家都在各自朝自己的道路前進。當行人號誌變成綠燈的那刻，汽機車起跑的聲音響起，低頭族也隨聲音向前走，眾人踏上斑馬線，走路的同時大半的行人除了動腳之外仍會維持等紅燈時從事的活動：滑手機，當然，雅芸也是其中之一。

過馬路能聽到警察指揮的哨聲，此時一輛轎車急駛而來，陸續有人發出疑惑的聲音，下一秒聽到疑似物品散落的聲音。雅芸跟其他路人尚未搞清楚狀況，轉頭望去，看到身旁並行的路人接連被撞飛，猶如滾保齡球般，許多機車毫無招架之力的隨之倒下，駛來的車子沒有煞車聲也沒停下的意思。那一秒，似乎時間被定格，眼睜睜看著它發生，卻又無能為力，下一個就是我了。

一陣天旋地轉，眼前一片黑暗，完了，我的生命就要消逝了嗎？

雅芸心中沒有任何恐懼，應該說連恐懼的時間都來不及反應，上個印象還停在手機上朋友的動態，貼文內容腦海裡都還有些記憶。發生的一切，還有這輩子所經歷的喜怒哀樂就彷彿用拇指滑過手機動態那樣快速。

眼前一片黑暗。

在那之後——

半夢半醒，好像在做夢又好像不是，隱約聽到爸媽正跟其他人談話，周圍的環境感覺很詳和。

雅芸處在一個不明所以的狀態，想繼續睡下去，可意志力又要求她振作，得想辦法搞清楚現在是什麼情況。

她在腦海自言自語：我好像出了意外，被車撞，就在補習班前的路口……現在先確認一下我自己是活的還死的，還是半死不活？

雅芸透過舌頭觸覺可以感覺到自己的牙齒，上顎也會有被舔的感覺，癢癢的。好樣的！我還活著……等等！可是這會不會是植物人?!

她又驚恐的問自己，然後試圖命令其他四肢開始擺動，手可以摸到床單的觸感，腳踝的筋骨也感受到扭動，隨後感覺到膝蓋、臀部皮膚有灼熱的刺痛，這才睜開眼睛確認自己還活著，沒有變植物人。

這裡是醫院的病床，一旁的媽媽看她醒來想起身，連忙過去扶她。

「啊，妳醒來了，唉呦，看看妳……」雅芸看到媽媽驚恐又心疼的臉。

「媽，醫生說我怎麼樣了？有哪裡斷了嗎？」雅芸持續扭動著自己的雙手雙腳。

「沒啦！醫生叫妳好好休息，吃些消炎藥就好，檢查沒腦震盪的話就可以出院了，妳喔，一定是老天給妳保佑，那些被撞的有幾個都死了……」

聽著媽媽還原當時的經過，有一輛小客車不明原因失控，對著人群衝撞，造成十多名等紅燈的騎士還有路人傷亡。雅芸慶幸自己還活著，無意間又看到隔壁床的新聞正在播車禍畫面，大概在報導這次的車禍事件，畢竟在人來人往的台北車站附近這樣離譜慘重的車禍應該會是頭條新聞吧。原以為是如此，豈料新聞是在報導別的地方的車禍，而且造成更多人傷亡。

媽媽看著隔壁的新聞，同樣也很納悶：

「嘿啊，說來嘛奇怪，聽妳姑姑講，妳堂哥在做消防，這個月忙到停休，最近很常處理車禍那些的，每天救護車都跑透透。」

爸爸一臉淡定的湊上來：「公家單位也沒想的這麼輕鬆齁。」

「你真是！你女兒躺在這裡，你還說這風涼話。」

「哪有，我可是第一個趕過來的耶！」

在兩老嘮叨的同時，房門外有人敲門，醫生進來表示稍後會做一些檢查，大概今天就能安排出院了，只是骨盆那裡有些位移，但只需要來復健部物理治療兩三次大概就痊癒了。這是再好不過的答案，不然耗在醫院可沒辦法去補習班上課。不過剛剛醫生說的骨盆的確有點隱隱作痛，在爸媽的攙扶下，雅芸小心翼翼的下床走了幾步路，並無大礙。

「我覺得我可以自己走路了。」

「確定這樣沒問題嗎？」媽媽焦急的要雅芸別這樣逞強。

「媽，醫生都這樣說了沒事的。」

「妳不是請假到下午？要不要等等我送完雅芸回家再送妳去？」爸爸問著媽媽。

「爸，沒關係啦，我自己回家就好。」

「真的嗎？」

「對，你不是也要上班？」

「是這樣沒錯。」

在雅芸的好言相勸下，爸媽才離開去忙，不然他們一路上又會嘮叨，像是說以後不要低頭滑手機之類的。

在下午的腦震盪檢查通過後便準備返家，媽媽提醒她，警局那裡說要再找個時間做筆錄，當時遺失的個人物品也要再找時間領回。

打量了下自己身子還算可以，只想把這些鳥事給處理好，打算回家前就先去警局一趟。

踏出醫院那一刻，頓時有種重獲新生的感覺。

現在走在路上都要格外注意安全，過斑馬線就要當個乖寶寶，看看左再看看右。

要去的警局離這裡並不遠，沒用多久的時間就走到了。警局內已有幾位民眾在一旁等候排隊，一名員警見雅芸身上有傷，便問是否是在台北車站車禍的，並讓她插隊來作筆錄。警察告知之前車禍肇事者因造成多人傷亡，財力有限，民事賠償無法得到太多補償，要有心理準備。

「請問，這個肇事的人他是酒駕嗎？怎麼會撞倒這麼多人？」

「目前是沒有測出有酒駕，蓄意還是意外，現在都還在偵辦中，肇事車輛我們還要去鑑定，到時候法官判決出來才能真正定案。」員警一邊雙手快速敲著鍵盤，一邊回答雅芸。

製作筆錄完畢後，員警便匆匆交還雅芸的手機請她簽收，感覺警察沒有想花太多時間在她身上，因為值班台響起了一陣清脆的喇叭起床號聲，大概是警網的報案通知，剛才作筆錄的員警起身前去應答，似乎有地方發生車禍必須去支援，隨後披上反光雨衣拿起安全帽出門就放著雅芸一人。後方進來報案的民眾被留下，在值班台僅存的員警問何事？民眾表示自己遺失了錢包，員警則一臉尷尬，說得要等候一陣子，然後要他到一旁的椅子先坐下，天曉得那些民眾得排隊到何時。

奇怪的是，這些民眾都是來報案遺失物品。而在員警辦公桌下的鐵盒也塞滿了各種失物待招領物品，那位唯一值班的員警正打電話通知失主前來認領。

手機總算拿回來了，洗完澡後躺回自己房間內，望著天花板，慶幸自己還活著，回想起當時事情發生的瞬間，實在沒感受過這種來不及恐懼的恐懼感。偶然見到其他朋友丟來的貼圖並回覆先前的訊息，雅芸正想輸入關於她自己昨天車禍的事，不過送出前猶豫了下，想想還是算了，這也不是什麼值得分享的事情。

她無意間發現訊息欄的常客浩晨，沒什麼傳訊，很快就被其他訊息往下洗了，還真有些不習慣。

「妳傷有沒有好點？警察那有說什麼嗎？」雅真問道。

「有比較好了，警察也沒說什麼，反正不是酒駕。」

「不意外啦，上次我同學男友騎車載她也是出車禍去撞別人，一樣沒酒駕，暑假第一天就出事。」

「啊？他們沒事吧？」

「也是住院呀，只是他們比妳嚴重很多，到處骨折……」

「那她男友是怎樣？為了閃其他車？」

「不是，就是單純恍神，最近感覺大家都衰的，我昨天也有一個朋友也是掉手機，才剛買沒幾天。」

「欸對，我今天去警局也是一堆人在那邊排掛失。」雅芸不禁想到在警局好像也有很多遺失物案件。

「更扯的是，她家對面又火災了，上個月是對左前方燒，現在是它隔壁的隔壁燒。」

「這會不會太扯？」

「就這樣啊，我剛剛才看到她發的動態，她家窗戶都被燻黑了，有夠衰。」雅真秀出手機上的大學生論壇貼文給雅芸看：「這我朋友傳的，他說最近大家的運勢都很差，會不會是這原因？」

貼文內容細數過去三個月台灣交通案件數及工安意外的統計數正大幅攀升，連國外的數據也一樣，甚至近期國外也有空難事故。冥冥之中互有關聯，下面不少網友討論表示有同感，星座大師們開始分析近期天象沖到之類的，也有人說是神在懲罰世人，或是外星人的陰謀。

但更多人比較支持這個論點：人類反應力正在下降，腦袋在退化。

有人猜是大家太沉迷網路腦袋變笨，或是躺平族已經放棄思考所以腦袋退化，但所有留言最後都回歸到一個總結——人正在變笨中。

「問 Pinber，它也說這些現象是有關聯的。」雅真口中的 Pinber 就是近年流行的 AI 聊天機器人，大概已經跟其他網頁搜尋引擎並駕齊驅了，不過這種 AI 說的東西雅芸不太相信就是了。

「會不會是大家吃太多那些塑化劑的加工食品吧？真的是這樣大家都吃進去了也沒辦法嚕。」雅芸聳聳肩，過去就曾有黑心食品的負面新聞，動不動就有化學成分會讓人變笨的消息。

如果真是這樣就只能認命了。

「倒數三二一天」，補習班上的黑板這樣寫著，這節是自習課，雅芸沒有因為這場意外而浪費掉讀書的時間，可眼看做復健的時間到了，只好先收拾東西前往台大醫院。

來到上次的車禍地點，這裡依然車水馬籠，人來人往，似乎前幾天的車禍不曾發生過，湊巧又是一輛救護車駛過，它的鳴笛聲令人感到特別不安。

從台大復健部出來，治療師說除了要按時服藥外，也盡量不要做激烈運動，走路走慢點，雅芸扭了下骨盆，的確好很多了，只是每動一下還會隱隱作痛。媽媽說做好復健後通知她，今天她剛好排休可以來接，打開手機正準備聯絡時看到媽媽傳訊來表示她臨時有事無法來。

雅芸到了領藥櫃檯抽號碼牌找個椅子坐下，還在猶豫要不要乾脆走回補習班繼續自習，但自己生理期偏偏這時候來，原本打算讓媽媽接回家就沒帶衛生棉來換，想到就覺得煩悶。

在領藥之際遇見了熟悉身影，他迎面走來，是浩晨學弟。

「學姊，妳怎麼在這？」

「就車禍啦，準備出院，那你怎麼在這？」怎麼好死不死在這遇到。

「我來這幫我爸拿藥，那？妳現在還好嗎？怎麼這麼突然！」浩晨見她走路姿勢還有點怪。

「不然我載妳回去？我有多一頂安全帽。」

「多一頂？載妹子的喔？」

「哪有？那我爸的，哪有什麼妹子。」

雅芸左顧右盼，骨盆還是很不舒服，在這非常時期想想還是讓他載，畢竟回家搭公車實在麻煩，於是就跟著浩晨離開醫院。

浩晨對於雅芸的車禍經過並沒有想多問，只是簡單了解雅芸是在過斑馬線時被車撞的。

來到機車旁，浩晨向前收回中柱示意他的乘客坐穩，鮮少上男生機車的雅芸有些陌生又覺得有點不好意思，畢竟勞煩人家。

「出發了喔！」

「嗯，好！」雅芸繫好安全帽生疏的將手放在後座把手上，隨著浩晨出發。

第一次離他這麼近，從他身後看去那寬敞的肩膀就像一條牢固的船，兩人迎風一同向前行駛。記得上次這樣被男生載，除了自己爸爸外，大概只剩大一、大二聯誼的時候被學長載了，當時對戀愛充滿期待，沒想到之後就被學長劈腿，也許正是因為有這樣不好的回憶才會對浩晨的熱忱保有戒心吧？

「在那停就好。」雅芸指著家門口停下。

「原來這就妳家喔？」

「你別沒事來我家喔！」

「不會啦，以後學姊需要司機，我就知道目的地在哪了。」

簡單道別，浩晨帶著滿意的心離開，看來今天浩晨真的是賺到了！

晚上媽媽狼狽的回到家，看起來相當疲累。

「媽，妳剛剛去哪啦？原本以為妳會來接我。」

「我錢包掉了，去派出所備案。」

「什麼？妳不是前天才找到，今天又掉？」

媽前天明明自己把錢包忘在人家攤販還硬說是被偷，證件都還沒掛失就掉兩次，平時說人冒失鬼，現在自己就是了。

「我跟妳講啊！警察辦事效率有夠差，整個櫃檯就只有一位警察，後面排一堆人，不知道要等到什麼時候！」

果然剛剛又在警局等了幾小時，雅芸心想著。

「然後啊，裡面還有信用卡、金融卡，我現在要一個一個去線上停卡，我真的快被折騰死了，欸！妳別讓妳爸知道喔！」

媽媽左忙右忙，在家裡打轉，不知道忙什麼，她突然停頓了下。

「欸對，我現在要幹嘛？」她皺起眉頭又想了下：「喔對，我要打電話去客服。」

媽媽說完又忙著打電話到信用卡公司問停卡後帳單的處理方式，雅芸不禁聯想到昨天妹妹說的網路貼文，難不成大家真的都在變笨？是不是真的會是什麼食安問題讓大家變笨？雅芸馬上打消這種猜測，網路上的東西人云亦云，還是別這樣亂聯想。

看來今晚媽媽是沒辦法做飯了，雅芸剛讀完書，看時間還有半小時就到晚上八點，她還是挺著隱隱作痛的身體慢慢走到附近的超商，不意外的超商內已有部分剛下班的上班族還有附近居民在裡面徘徊，貨架上的即期品沒剩多少，雅芸搶在被人取走前趕快拿了幾個飯糰跟僅剩的兩盒便當拿在手上。即期品鮮食優惠時段一到，成群的上班族開始前往櫃檯結帳，在這高物價時代，還是打折的即期品才是最好的朋友。

店員一時忙不過來，腦袋似乎打結，動作緩慢，店長見排隊人潮多忍不住從倉庫出來向店員抱怨動作怎麼比平常慢，接著加入結帳行列來舒緩人潮。好在店長手腳快，雅芸沒怎麼等到就結完帳了，她將飯糰便當放入自備的購物袋中，一轉身不小心撞上了後方排隊的上班族男子。

「啊！不好意思！」雅芸禮貌的向他道歉。

但對方沒回應只是有點恍神，就像吸毒一樣，雅芸也是有些愣住，下一秒前方不耐煩的店長跟那位男子說：

「先生結帳請往前！」

第一時間他沒反應，直到排他後面的人也不耐煩的提醒他，他才回過神來跟大家說抱歉，上前結帳。那名男子就像做白日夢……很深很深的白日夢。

放榜——

這天終於到了，普考的放榜日，恰好今天也是雅芸生日，她深知今年會落榜就乾脆不去看榜單了，看也只是看心酸，還是趕快讀書比較實在，能許的願也只有地方特考可以順利通過。

浩晨傳訊息來，他說普考榜單上在較後面的名次有「林〇芸」這名字，她心想這一定是同名同姓，不太可能是自己。但好奇心驅使她點進浩晨貼的連結進去看，用不了多久就找到「林〇芸」，在錄取名單的最後一位，正是名落孫山的孫山。比對了下身分證字號還有准考證號碼，越對越符合，竟然出乎意料的一次就上榜，就像樂透中了頭獎！她興奮的在床上翻滾，終於考上公職，現在只需等分發！

就在準備向家人報喜之際，在客廳的媽媽看新聞台正報導在桃園機場客機降落失敗衝出跑道的機腹著火畫面，目前傷亡不明。據了解大批乘客已被消防人員救出，現場紅

色的消防車閃光遍布飛機四周，一些倖存的乘客隱約可看到身上的傷痕，正被送往救護車上。這是本月全球第十二起降落失敗事故，主播正專心的報導此事，這應該會是連續一周的新聞頭條了。

就算在這嚴肅的環境下，雅芸不忘她的好消息，趁著廣告空檔，她來到媽媽身旁。

「媽。」

「嗯？怎麼了？」媽媽目光轉向雅芸。

「我考上了！」

「真假?!國考上了?!」

「對！現在在等分發！」雅芸興奮得跳腳！

「妳不是說都沒把握？」

「對！所以是正取的最後一名！」

「哇，好棒！恭喜恭喜，等等好好去慶祝一下！」

「妳看看這麼剛好，今天還是我生日呢！喔耶！」

「什麼妳生日，人家都說妳的生日就是母難日，該好好孝敬我！」媽媽同樣得意著說著。

對錄取結果還意猶未盡的雅芸回到房間裡繼續看著考試分數，所謂名落孫山的「孫山」，指的是考試正取排名的最後一名，她意外發現自己各科的分數平均都在六十分初頭，但歷年的「孫山」平均最低不會低於七十九分，如今雅芸只有六十多分就當上了幸運的「孫山」，莫非是這次考題太難了？

「學姊，我有生日禮物要給妳，不知道今天有沒有空？」浩晨傳訊息來。

「不用啦，這麼客氣，別破費啦，哈哈。」雅芸回訊。

「我是想說今天是妳生日，我有手作小東西給妳，不是什麼貴重的東西，別擔心。」

雅芸想想，前陣子才給他載，給他潑冷水好像也不太好，上次收到生日禮物大概是高三的時候被直屬學妹送，之後就沒再收過生日禮物。今天上榜心情好，看在他善意的心上還是接受。但不知為何，心裡還是想跟浩晨保持點距離，她回訊下午可以見面，但只能一下下。

下午，浩晨出現在家門外，雅芸沒多做打扮，簡單批件衣服就跑出門，她小心翼翼不想讓家人看到免得被說閒話。浩晨拿出信封，從內抽出一張素描，除了些小細節有橡皮擦擦過的痕跡外，大致上感覺栩栩如生。

「學姊，生日快樂，這是我為妳畫的，希望妳會喜歡。」浩晨表情憨厚的搔搔頭。

「畫得還蠻好的。」雅芸打量了下，比想像中還好。

「這是妳在圖書館讀書的樣子，我改了很多次才完成，我怕給妳畫失敗。」

「還不賴，你當初應該去讀美術系才對。」

「沒有啦，其實我畫畫不強，是為了妳我才畫的，這稱不上多有價值，只是想給妳特別的禮物，而且我這是親手畫的，不是AI繪圖喔！」

的確，這年頭幾乎不會有人閒到可以真的用手畫畫。

雅芸看見紙上有皺摺，已使用多時。

「所以你這張畫多久？」

「還好啦，妳喜歡比較重要。對了，之後就不能在圖書館遇到妳了，也不知道妳公職會分到哪。」

雅芸心中感到些許溫暖，收下這份禮物。

「想太多！總之，謝啦，我很喜歡。」

「我只畫下這世界上，美麗的，值得我畫的。」

見眼前這位男孩這麼說，雅芸有些害羞的低下頭，不敢直視他。

「好啦，少在那邊……你趕快回去啦，路上小心。」

看著學弟戴上安全帽騎車離去，這背影不禁令人覺得留戀又有說不出的感覺。還記得畢業前曾聽說浩晨家是桃園的夜市小攤販，一有空就回家幫忙，家境似乎沒很好，送的禮物並不如以前追她的富二代學長那樣大手筆。望著手上這張薄薄的紙，上面每筆畫都勾勒出浩晨對她的用心，為這張紙添上不凡價值。這個理組男不怎麼浪漫，應該說不懂得什麼浪漫，但也就是因為這樣才傻傻又單純？

忽然覺得剛才的穿著打扮如此隨便有些不好意思。

前腳踏進家門，後腳雅真就提著披薩套餐回來。

「姊，恭喜喔！考上了！還有生日快樂啊，壽星！」

見大包小包的擺桌上，連媽媽都湊上前來垂涎著眼前的美食。

「多虧雅芸，妳才有披薩吃。」

「拜託，我平常也不會特別想吃好嗎？」雅真淘氣的回覆媽媽。

「妳不是很愛吃海鮮披薩，還在那講！」

「因為吃了會肥。」

壽星還沒發表感言，只見媽媽跟妹妹又開始鬥嘴。

「爸今天又不回來？」

「對啊，他今晚又要住阿嬤那裡，我們先開動吧！」

母女三人開始大嗑披薩，一不小心，媽媽手上的餡料掉在雅真的褲子上。

「啊！」雅真驚訝的將屁股往後挪動。

媽媽沒多說什麼拿起衛生紙幫妹妹擦拭，要她別大驚小怪，她索性回到廚房端碗筷來夾披薩。

妹妹打開電視轉到新聞台，持續播放今天的飛航事故造成的傷亡及怵目驚心的畫面。

「還好大部分人都有生還，真的好恐怖！唉，最近怎麼天下這麼不太平，我看我們都去拜拜好了，現在動不動就那裡失火、哪裡車禍，我們家都有人遇到了，好像今年真的是厄運年。」媽媽邊吃邊說，又用紙巾擦了下嘴角。

「可能是人類吃太多基因改良的食物現在腦袋集體退化。」妹妹說著。

「Pinber 說的？」媽媽認真的問雅真。

雅芸聽著媽媽跟妹妹的對話忍不住吐槽：「妳們別在那邊亂猜了啦，疑神疑鬼的，新聞從以前不都在報這些東西，有差嗎？」

「也對啦，只是最近我常看到救護車跑來跑去，我耳朵都是那個偶一偶一的聲音。」

媽媽指著自己耳朵滿臉無奈，無意間媽媽手中的筷子不自覺倒在盤中，她隨後又撿起。

「那是妳心理作用，搞不好裡面是孕婦啊，準備生寶寶。」

「屁！現在少子化哪來這麼多孕婦！」雅真插嘴。

媽媽跳過充斥負面報導的新聞台轉到政論節目，那些名嘴馬上又拿空難做文章，節目中製作的國際事件懶人包看板吸引了妹妹的目光。

「停！妳們看！我就是說這個！」

畫面中的主持人正比手畫腳解析事件懶人包看板：「我們看到的是過去三個月來，不只台灣，世界各地的災難頻傳，罕見的是，人為因素大過自然因素，小可以是忘了關瓦斯引發火災，大可以是像這次正副駕駛機師操作失誤造成的意外，而且這個意外已經是這個月全球第十二起飛航事故，頻率更是史無前例，這部分您又怎麼看？」

來賓：「我覺得齁，這些大小事故應該不是單一事件，是有一個連貫性，而且是最近才有的狀況，我們先撇除最近說的星座跟八字年份那些的，用科學來講，只有以下幾種原因：第一個，太陽活動異常，它所散發的黑子可能會影響地表上的生物對事情的判斷力；第二個是地球磁場在改變，我們地球每幾萬年就會南北極翻轉一次，可能在這個轉變之中我們的思考判斷被地球磁場影響。」

鏡頭轉到其他來賓的臉，每人都臉色嚴肅，皺眉仔細聆聽。

「再來第三個齁。」

來賓自備懶人包板子秀出來給大家看，鏡頭特寫到它的板子上，上面是英文網頁截圖貼文，來賓還自己寫上中英對照翻譯。

「維基解密上禮拜才公布一份資料，說有變種病毒已經在世界各地蔓延，它是無症狀感染，可是會攻擊腦神經細胞，而且這個病毒的祖先是來自於 COVID-19，就是很多年前的新冠病毒，只是 WHO 刻意掩蓋消息。」

「什麼?!新冠病毒不是已經消失了？」不知是為了節目效果還是出自內心，主持人表情驚訝的問該位來賓。

「沒有喔，那時候是我們消滅不了它們，最後與病毒共存才會解封嘛，它一直不停的在變種，而且到今天我們還找不到解藥，疫苗打了照樣給你突破感染，所以這推斷也很合理。以前的新冠會有腦霧那些後遺症，像我自己也確診過，那陣子我腦袋也是鈍鈍的，如果這解密是真的也完全不意外。」

「可是如果有得過新冠，理論上就會有抗體，那這次怎麼會擋不住？」

「因為它不像水痘、麻疹那些的，得過就永遠不會得。原因是水痘、麻疹它們變異不大，新冠病毒會變異而且變很快，你以前得過的新冠產生的抗體現在已經過時。」

「那現在有沒有什麼官方組織、世衛出來回應？」主持人認真的問。

「現在還沒有，這個解密上禮拜出來還沒多少人理，今天台灣出現空難，這個解密報告就被大量瀏覽被外國網友轉傳。再來！請大家拿出自己的手機……」來賓又拿出一個自製背板上面有手機螢幕截圖，是 Pinber 的 AI 聊天內容對話。

「這是我昨天晚上問 Pinber 的內容，我說，為什麼全世界現在集體失智這麼嚴重？

它給我列出十幾種可能性，有些就像前面說的地磁翻轉啦、太陽風暴啦，但是我問可能性最高的是什麼？它給我的答案是……」

來賓又東翻西找拿出下一個背板的截圖對話：「疾病傳染！是哪種病？來，它回答：現在流行的傳染病裡會損害腦神經造成腦霧、失智等後遺症，COVID-19可能性最大！」

鏡頭畫面對著背板特寫。

「是沒錯，我們不能完全相信Pinber說的答案，可是AI它最強的地方是蒐集大數據後給出判斷，現在的大數據就是顯示最近全球頻繁的意外是病毒造成的，給出的結論是那個病毒就是我們以為已經沒有威脅的COVID-19！」

雅真轉過身：「我就說吧！網路上說的那是真的！人在退化。」

「好了啦，妳先過來吃披薩，等等涼掉了。」雅芸滿臉無奈。

看著媽媽跟妹妹在討論傳言，心裡也不禁懷疑，難道自己這次上榜也是因為其他考生能力下降了嗎？

「對了媽，妳前幾天跟我要的身分證影本要申請保險的，我放桌上了，保險公司弄得怎樣？」雅芸收拾著陽台的衣物問著。

「我已經丟申請了，業務員最近好像處理蠻多車禍跟意外險理賠，我一開始還以為他在唬爛，我還想打去客服催。可是聽妳阿姨說，妳大表哥，他也是做保險的，也是這樣，妳姑姑也說妳堂哥現在消防隊已經停休了，忙到不行。」

這跟雅真給她看的網路傳聞越來越吻合，還是先別亂想好。

回到房內，看到浩晨的未接來電，不是剛剛才見面嗎？怎麼又打來了？左思右想，還在想要不要回電，又見他打來，姑且就接吧。

「怎麼了？」

「學姊，有事跟妳說一下。」

浩晨表示，剛剛回學校交作業，他們系上教授說網路上的維基解密揭露病毒傳播導致人腦受損可能是真的，要雅芸特別注意，出門盡量戴口罩。

雅芸聽了有點無言，難道就為了這種似是而非的事打來？不過浩晨也是一番好心，要是以前的自己大概又會覺得煩吧？令她自己意外的是，不同以往，這次感覺有一絲被關心的溫暖，好像自從車禍後，浩晨的關心跟以前相比不像以往只會說一些垃圾話，到底是浩晨變成熟了還是自己多想了？雅芸內心問著自己，其實也不知道答案。

回過神來，看著剛剛的電視節目還有浩晨的提醒，身邊的人都在關注這個傳聞，這個世界現在似乎有些說不上的詭異。

確定國考考上的雅芸原訂的讀書計畫也就可以暫時放下，查閱了歷年開的缺，國考所分發的單位遍布全台灣各地，這次正取最後一名，大概前面的志願都會被選走，只能挑剩下的最後一個缺。看前面的考生分享，如果開的缺太爛或太偏遠不喜歡，那建議工作期間再準備明年國考或申請內調，更乾脆一點就是拼接下來的地方特考。

雅芸左思右想，看來上榜後還是無法高枕無憂，還得想想下一步該怎麼走，唯一確定的是，再過不久即將分發，有一定的機會分配的崗位會不怎麼如意。即將踏入社會，既期待又怕受傷害，最後一個可以自由自在耍廢的日子不多了，今天難得假日，爸爸不用陪奶奶，媽媽也有空，更重要的是整天往外跑的雅真也有空！那麼還是把握機會陪家人好。

不過看爸爸在家似乎有點累，大概是照顧阿嬤勞心吧，不太敢直接問爸爸有沒有帶全家出遊的打算，雅芸小心的問：

「欸爸，今天家裡有要幹嘛嗎？」

「沒呀，問妳媽。」

得到的答覆：到賣場逛逛買點東西。

好吧，還是別問好了，木頭的爸爸，媽媽給的答案也差不多，只能化被動為主動。

「那，我想說我已經考上了，所以請全家吃個飯怎麼樣？」

「吃什麼吃？昨天才吃完披薩，又要去外面吃。」媽媽邊整理家裡邊說著。

「姊要請客！」一聽到關鍵字的雅真馬上衝出來。

「妳不是說怕肥?!」雅芸逗著她。

「今天不會變肥。」

媽媽客氣的想幫雅芸省錢：「好啦，妳都還沒開始上班就在說請客，等妳上班之後再說啦！」

「我這個月壽星有優惠，有四人同行一人免費的，還有同桌九折的，我等等查給妳有哪幾家！」

雅真已經很自動的拿起手機：「快快！哪家要趕快訂位！」

就在這樣兩個女兒的喧鬧聲下，媽媽擋不過雅芸的好意，接受了一家人外出用餐的提議。

外面天氣不錯，陽光普照，很久沒跟家人一起出來，關於病毒的傳言討論歸討論，一到假日，電影院、餐廳、百貨公司依舊人山人海，沒有什麼人在這種天氣戴口罩，彷彿這些猜想與詭異僅止於網路世界。

一家四口來到大賣場，爸爸跟以前一樣對逛街沒什麼興趣，身在滿是細心龜毛的女人家中，如果經過家具區，這個木頭爸都會躲去裡面坐在沙發上滑手機，最好是有按摩椅的椅子，直到需要搬重物才會被媽媽 call 回來。相較這些民生用品，雅真更喜歡逛服飾店，逛賣場也是邊走邊滑手機，直到結帳時雅真才會發揮她的用處，拿出 APP 結帳享優惠。

這時看到牆上促銷公告欄顯示須持會員卡，妹妹東翻西找沒找到疑似遺失了，母女慌忙之際，雅真於自己包包內尋獲，虛驚一場。

雅芸無意間看到有零星幾位民眾戴著口罩，反常的將各種乾貨罐頭塞進推車內，心裡有些不安。

另一方面，假日的浩晨可沒閒著，昨天去系上遇到教授說了這番話後，去交作業的同學心裡都有些掛心，畢竟那位教授是病理學領域專業，而且遇到每個同學都苦口婆心提起此事。

他跟阿偉戴上口罩兵分兩路準備去藥局買些口罩及酒精，但只見藥局門口已陸續有民眾在買這些東西，店員還在補貨中，他見狀準備打給阿偉問其他藥局有沒有買到防疫用品，但點開訊息，阿偉表示出大事了！快看新聞！

雅芸一家剛回來整理剛剛採購的物品，等會就要出門去餐廳用餐，姊妹倆滿心期待還頻頻注意時間，爸爸的電話響起，他有些意興闌珊，打了呵欠，見到大伯來電：「又是我哥打來。」

「是怎樣？」媽媽問著。

「大概又是我媽又在那邊鬧了，她最近失智越來越嚴重。」

在鈴聲催促下，爸爸無奈的接起電話，客廳隨著電話接起安靜下來，只剩媽媽整理購物袋的聲音，雅芸正查著前往餐廳的路線地圖，手機跳出浩晨的訊息通知，真不知道這傢伙又想說什麼，但還是先查完地圖再說。

雅真則滑著手機不發一語，這時爸爸跟大伯也沒多說什麼就掛電話了。

「啊你哥說什麼？」

爸爸沒回答媽媽，只是一臉嚴肅，粗魯的在沙發上找遙控器，一旁的雅真似乎早就料到會這樣沒有多意外，只有雅芸在一旁十分困惑，不知道爸爸怎麼了。

新聞正以頭條報導 WHO 剛剛召開的緊急記者會，原以為是要對維基解密跟諸多外媒的爆料闢謠，沒想到竟然是承認了爆料內容。

全世界正遭受新型變種病毒攻擊，藉由空氣傳播，潛伏期更長達一個多月，它是悄無聲息的無症狀感染，不同於一般感冒，主要攻擊腦部，嚴重損害腦細胞，造成記憶力下降、注意力不集中、加速老年癡呆，推估這種病毒已經流行至少半年以上，經基因定序確認是 COVID-19 的後代變種株，歷經數百次的突變最終讓病毒變成致死率低、傳染力高的存在，並將此變種株命名為「CSD.1.7」。

藥物上僅能用膽鹼酯酶抑制劑及 NMDA 拮抗劑來舒緩但無法根治，歸納統整後，患者將走向這四期階段：

第一期：記憶衰退、粗心、反應慢、健忘。

第二期：無法邏輯思考，失去駕駛交通工具的能力及專業技能。

第三期：僅剩本我意識，且有時暴躁具有攻擊性，無社會化概念。

第四期：無法使用語言，無行為能力，遺失所有記憶。

目前追溯到 CSD.1.7 前一代的病毒，從感染到第四期大約需要經過六個月，但最新的 CSD.1.7 感染者到第四期只需三個月就能使成年人退化至六歲智商，行為能力也會跟孩童沒兩樣，其中到第二期只需三周的時間，嚴重程度是二〇二〇年代初期預估的長新冠腦霧後遺症的好幾倍，全球染疫數可能已超過三十億人進入第一期。WHO 建議各國即刻開始實施邊境隔離管制，對此各國政府尚未有具體回應。

照目前資訊來看，人只要進入第二期就已符合老年半失能的狀況，第三期後則是完全失能。

雅芸看著新聞，腦袋一陣空白，媽媽放下手邊的工作也看著電視，爸爸焦慮的不停轉台，帶著一絲希望，尋找是否有好消息。

「這是真的嗎？會不會太離譜啊！」媽媽驚訝的說完，嘴巴仍張大，望著爸爸又望著姊妹倆：「欸妳們快看！」

「喔，我知道啦，我剛剛也看到網路新聞。」雅真繼續滑著手機。

媽媽持續驚恐的望著電視：「怎麼會這樣子呢？」

雅真沒怎麼在意：「那這樣子的話，我們可能都被感染了！」

雅芸神色緊張的要妹妹別亂說話：「別在那瞎猜！」

在驚慌的情況下，三人神經緊繃的望著彼此。

「它都已經分類四期，代表對這病毒研究很久了，應該不會怎樣吧？」媽媽盡量說服自己往樂觀的地方想。

爸爸則對這種失智症特別有感：「它說的那四期，就是阿茲海默症，我媽現在就是這樣。」

「不是啊，它都說第一個病例已經是半年前的事情，而且那個新冠病毒不是很久以前的事情嗎，早就知道的病毒怎麼到現在才公布？不合理啊？」

「它是被踢爆的，現在沒辦法才公布。」雅真跟媽媽強調。

「因為！」爸爸長嘆了一口氣：「COVID-19 已經不是法定傳染病，就是當成普通的小感冒，那它後面的變種就也會被當普通的小病處理，WHO 應該不是要故意掩蓋，是發現這個變種會造成腦部快速退化的時候已經來不及了，公布只會天下大亂，那只好不公布，可能現在被踢爆也沒辦法。」

媽媽滿臉焦急：「那現在怎麼辦？」

「還能怎麼辦？就可能是吃阿嬤會吃的那些藥吧，我猜？」

「這應該會有解藥才對？」

爸爸搖搖頭：「這很難說，妳看看 COVID-19 都過幾年了，疫苗也都打多少劑，照樣滅不掉它。第一時間沒圍堵它，選擇跟病毒共存，一擴散出去就不能回頭了。」

「那這樣，我最近常掉東西會不會是有中那個變種？」媽媽露出苦笑。

「媽，不要在那亂猜啦。」

屋內瀰漫著嚴肅感，大家心裡有底，平凡的日子似乎從今以後就要結束，不確定的恐懼感、無形的病毒，將無所不在的圍繞在大家身邊。

該來的還是來了，最不想成真的事情成真了。幾個月前，一個中度颱風擦過北台灣，全台最不會淹水的台北竟淹起大水，理由是相關單位負責人忘記關水閘門釀成大禍，也許從那刻開始，CSD.1.7 就已經在蔓延，現在所有腦袋打結、健忘的行為都很有可能是感染了 CSD.1.7。分心、不專心、找不到東西、掉東西、車禍、失火、工安意外、飛安事故，諸如此類這都是感染後第一期的現象，仔細回想起生活上的種種，似乎最近所有人都曾遇到，爸爸說 WHO 不是想掩蓋，是因為一切都為時已晚。

對雅芸家來說，唯一慶幸的是剛才從賣場採購回來，東西都還足夠，沒人知道明天又會發生什麼事。

點開浩晨的訊息，果不其然剛才的來訊都是關於 CSD.1.7 病毒的消息，浩晨一再囑咐，這次事件可能比以前 COVID-19 還來的嚴重，暫時別出門，少跟人接觸比較好，自己則要先回桃園老家一趟，保持聯繫。原本抱持懷疑態度的雅芸開始向他請教哪裡還能買防疫物資，浩晨覺得可能過不久會封城，建議囤點保久品，如泡麵、零食，這可能比酒精還來的重要。

姊妹倆彼此的手機上的社群媒體動態更新，已經被疫情洗版了，彷彿世界末日來臨，當晚的聚餐也隨之取消。

雅真拿起手機搜尋 Pinber，關於 CSD.1.7、新冠病毒相關的問題已被屏蔽，只跳出一段英文說此訊息無法解析，看來這件事已經到必須被管制訊息的地步了。

急轉直下——

一早媽媽就將雅芸棉被拉開，叫醒雅芸，要她趕緊做測驗，剛起床的她還沒會意那是什麼，媽媽就秀出手機上的網頁，是WHO目前釋出的鑑定測驗，有一系列的邏輯、幾何圖象圖案。最新的資訊表示，CSD.1.7病毒一旦進入人體便能巧妙躲過免疫細胞進而融入體內，因此不會誘發抗原反應，人體內幾乎並不會對CSD.1.7產生抗體。換句話說，它無法使用快篩劑抓出病毒，僅能用核酸檢測（PCR）找出病毒，它已經演變到可以徹底的結合人類細胞，達到完全的「與病毒共存」的境界。

雅芸打開房門，面容嚴肅的走到客廳看著電視新聞，得知CSD.1.7正用前所未見的速度傳播，潛伏期尚未有定論，由於無法快篩，WHO釋出公版測驗題，民眾可輸入年齡上網作答來測驗當前智商，原來一早媽媽跟雅真就在忙這些測驗。與此同時，網路上所有AI問答系統也無法使用，大概是怕有人用它來作弊吧？

雅芸默默回到房間打開雅真傳來的測驗連結，進入頁面後可選擇語言、地區、年齡、性別、教育程度，點入繁體中文後便是一連串的智力測驗作答，就如同國中小能力分班時差不多，幾何空間、邏輯概念、雞兔同籠，必須在十五分鐘內作答完成，滿分三百分達成兩百分即為合格，但每題的配分比重不得而知。

對於剛考完國考並原計畫要當考生的雅芸來說考試並不陌生，答題平常心，題目時而簡單時而困難，只花了十分鐘就答題完成，系統也跳出成績顯示兩百四十分合格，不是什麼大問題，看來也不像新聞報的這麼危言聳聽。

行事曆跳出通知，今天要去申請國考班的退費。最好趁早去辦理比較不需要排隊，當然也少不了彈出浩晨的通知，他表示自己家已經採取分流隔離，因為父母測驗都沒通過，為了保險起見全家都很謹慎，他還附上照片自己關在農舍倉庫的畫面，還提醒她時時刻刻戴口罩，雅芸心想這也未免太誇張，把自己關在農舍這樣雜亂的環境裡會不會太過猶不及？若要是記者看到想必又會變成新聞的理想素材。

雅芸只是丟了幾個貼圖回應了下，這傢伙真的神經質，通常會這樣神經的可能只有婆婆媽媽，還沒遇過像浩晨這樣的男生有婆媽性格，至少她還沒遇過。至於戴口罩，姑且還是戴著吧，反正這季節空氣有時候很髒，鼻子會過敏。

離開房間後，看到雅真在教媽媽如何進入測驗系統，爸爸則秀出他通過測驗的項目無奈表示，這些題目就類似醫院檢查老人是否失智的考題，早就看過奶奶做了幾次，真搞不懂這種測驗有何參考性。爸爸提醒媽媽上班快遲到了。

「再等我一下啦！」媽媽似乎沒做完測驗就不想出門。

在雅芸出門後，媽媽準備繼續作答，但爸爸在房間打斷了她的思緒。

「美珊，妳把健保卡放哪裡？最近我怕又有什麼買口罩實名制，進醫院可能也要實名制，會用到。」

「啊不是放在那個矮櫃的塑膠盒裡？」媽媽有些不耐煩。

「就是沒有呀！」

「怎麼會沒有？」

「我去年感冒看完之後就沒再用了。」爸爸無奈的東翻西找，把整齊的櫃子給弄亂，這使媽媽看不下去，起身進房跟著翻找：

「怎麼會沒有呢？」

夫妻倆怎麼找就是沒找到放健保卡的塑膠盒。

這時雅真才拿著塑膠盒出現：

「在我這裡啦！上禮拜幫妳用勞保的東西要雙證件。」

「怎麼不歸回原位？」

雅芸看完這段日常小插曲落幕，也沒什麼需要幫忙的地方。

「好啦，我出門了！」

「什麼時候回來？」媽媽問著。

「一下子就回來啦！」

雅芸只想把今天的事情早點辦完，於是就當作是正常的一天前往台北車站的國考補習班。

當雅芸離去後，雅真進房將健保卡歸位，媽媽也準備要趕著做測驗，等等還要出門上班，但似乎又有個難題產生。媽媽在客廳桌面、沙發椅上找手機，動作有些急促，爸爸看客廳動靜這麼大，上前主動問：

「怎麼了？」

「我手機不見了，剛剛放到哪裡去……趕快幫我找，我還要上班。」

媽媽正準備進房尋找，心想一定是剛才找健保卡時放在房間，但只見爸爸滿臉詫異：

「美珊……」

「幹嘛？」

「手機，就在妳手上。」

媽媽目光望向自己的手，她的手機正牢牢的握在手裡……三人心裡明白，這可能是最近令大家恐慌的，CSD.17的徵兆……

雅芸走在街道上，似乎奇怪的氛圍比昨天還來的重，上班族們每個人都戴口罩，似乎想保持低調，走路腳步加快刻意的避開其他路人，雅芸下意識的將手伸進包包裡的口罩，感覺走在路上不戴口罩會變成異類一樣。

走進捷運站前，已經看到有超商店員在門口貼了酒精售完的公告，部分的店員還自備面罩在上班，這畫面彷彿是長輩經歷過的新冠病毒大流行那時代才有的現象，現在已經重新上演。

捷運站依舊是人擠人，但部分乘客們站在月台寧可多等也不願上人口較密集的車廂。忽然有乘客在下樓梯進月台時摔倒攤坐在地，現場其他民眾眼神充滿無奈跟恐懼紛紛遠離那位摔倒的人，因為就在不久前媒體也報導過，上下樓梯不慎摔倒這種疏忽也可能是感染CSD.17後的影響。現場沒人願意伸出援手，那位摔倒的乘客默默自己起身，一旁的保全表面上想上去幫忙，但大家都可以感覺得出保全只是在做樣子，疫情到來，連我們的價值觀都得翻轉，冷漠無接觸才能保護自己不被傳染。

雅芸見車廂比平常少人，在捷運即將離站的雀鳴聲響下輕盈的跳進車廂。列車行駛後，環顧四周，許多乘客正安靜的在做題目，還有人開始在車上做數獨，待在車廂就像置身在考場般安靜又嚴肅，列車行駛與軌道的摩擦聲格外令人煩躁。

來到補習班門口，跟預期的一樣一早比較少人，已經看到櫃檯正在架設壓克力板為防疫做準備，櫃檯的小姐低頭滑手機也在進行WHO的測驗，見雅芸一來連忙收起手機說聲不好意思接著開始受理退費，當小姐接過雅芸的身分證時還反射動作的拿起酒精消毒，這讓雅芸有點被排斥的感覺，但她又能理解對方為何這麼做。

無意間，她聽到補習班內其他職員大姐在閒聊八卦：

「我看最近可能會停班停課喔！」

「真假？還沒宣布吧？」

「還沒，可能快了！」

「現在這樣測驗不就是說確診了就變成智障。」

大姐們一臉無奈，話語間又表現的一派輕鬆，試圖舒緩當前緊張的情緒。

「欸，靠，超誇張欸！」

「怎麼了？宣布停班停課了嗎？」

「不是，國際航班要停飛了！」

其中一位大姐指著手機的網路新聞：

「喔不，我原本還打算要用特休去日本玩。」

雅芸看著她們對話，變得又更不淡定了。辦完退費手續後她不知不覺加快腳步離開，這種恐懼感隱約在街道上的每一處蔓延，剛才聽到的消息到底是真是假？若國際航班都停飛，那肯定事情已經很大。視線才剛離開手機，沒多久馬上又有新消息，每隔幾分鐘就有新聞，而且一定是壞消息。

在歐洲又有一架飛機降落失敗發生事故墜毀，國際飛安委員會已經宣布即日起停飛所有輕小型飛機以上等級航空飛行器，同時歐洲各國已開始實施封城。同一時間，外媒報導針對CSD.1.7各國研究出爐，一致表明全球染疫人數落在三〇%到四〇%之間。

看來那些八卦大姐的對話並非空穴來風，街上的民眾腳步似乎比早上來的更快，超市門口已擠滿民眾，甚至有民眾已經開始起口角理論排隊順序，在場的保全試圖上前調解。

銀行門口也同樣擠滿民眾，這不難理解，因為新聞的跑馬燈正顯示亞洲目前盤中股市各國大盤跌幅持續擴大，台股幾乎處在跌停狀態，有部分東南亞國家的交易所緊急封盤，傳聞金融單位將休市甚至關閉，停止擠兌。

拜網路之賜，人們一台手機就能掌握即時資訊。但同樣的，謠言、恐懼也散播的很即時，比病毒還快速，雅芸剛剛沿途所見彷彿世界末日來臨，外面的街頭充滿混亂，雅芸現在只想趕快回家。

走過氣氛緊張的街道，總算回到家。雅芸一進門看到媽媽還在家裡，不禁問她：

「怎麼還沒去上班？」

媽媽面有難色，不知道該怎麼說，一旁的雅真苦笑說：

「她測驗沒過啦，在那緊張。」

「沒過？」

「我也沒過啊……」雅真秀出她的手機。

相比之下雅真比媽媽來得坦然些，可雅芸腦海一片空白，盡量的往好處想：

「啊！會不會妳們一開始年齡有選錯之類的？」

「都確認過了，我們已經做三遍了都是一〇九分，我只有一次有到二〇一分，不是我得病就是題目太難。」

「那……那很接近兩百啊，雅真還有一次有通過算 OK 啊，幹嘛這麼嚴格？」雅芸目光又望向媽媽。

「是沒錯啦，可是我最近真的常忘東忘西，萬一我真的有怎樣該怎麼辦？所以我現在才在這裡不知道要不要去上班，妳們也離我遠一點，我怕會傳染。」

「媽，沒那回事啦！心理作用，心理作用。」

「現在飛機都停飛，可能真的很嚴重。」

想到剛剛外面路上的狀況，媽媽還是不要勉強上班比較好。

「爸他知道嗎？」雅芸緊張的問著。

「他剛剛上班路上看到大家都在搶購，臨時決定請假去買東西了，在回來的路上。」

「我從外面回來的確是這樣沒錯。」

雅真回到電視前：「快來看，現在有新消息！」

媽媽趕緊來到電視前，毫無意外的，疫情指揮中心成立了，正舉辦記者會直播。

「……傳播力相當的強，為有效掌控疫情，自明天起啟動最高防疫等級，實施分流上班，學校方面停課不停學，減少接觸……」

防疫指揮官就像照著預先打好的稿子沉穩的說出正經八百的話，二〇二〇年代初期全球飽受新冠肺炎肆虐，造成十幾億人染疫及上千萬人死亡，那段日子大家選擇讓時間沖淡，讓這不好的回憶淡忘。與病毒共存並不意味著病毒會從地表上消失，而是更加滲透，如今它們又回來了，不得不再次勾起大家最不願面對的回憶，因為指揮官所陳述的現狀讓人背脊發涼。

「預計最快何時可以研發快篩試劑？現有的疫苗是否充足？如果這個病毒是從二〇二〇年就存在，現在無法克服檢驗最大的瓶頸在哪裡？」

面對記者提問，指揮官吞了下口水，面容嚴肅：

「就像剛才說的，這個病毒從二〇二〇年就存在，現在的 CSD.17 已經確認是它變種的結果，多年來新冠病毒已經變種幾百代，確診數已經難以預估，而且還會反覆感染，無症狀感染已接近百分百，死亡率已趨近於零，因此很難發現是否確診。經過這樣反覆感染新冠病毒可能已經改變宿主的體質，我們的免疫球蛋白已經把新冠病毒視為一種無威脅性的小病或是視為人體細胞的一部分，自然就不會抵抗，所以說凡是得過 COVID-19 的人如果染上 CSD.17，不只快篩無法檢測，可能連 PCR 都有些困難⋯⋯」

指揮官又停頓了下，詢問記者第二個問題是什麼，旁邊的幕僚提醒後回答：

「至於疫苗，現有的疫苗主要功能只能防重症，我們會隨時會掌握國外藥廠是否有最新消息，那在疫苗有消息前我們會給染疫的民眾發配愛憶欣、利憶靈這些醫療級的藥物減緩對腦部的傷害，好下一位。」

「我是台視新聞，那請問我們目前的通報程序標準是什麼？在還沒有快篩劑之前要怎麼判定需不需要隔離？」

「好，我們會比照 WHO 給測驗的方式設計一套 APP，提供民眾下載測驗然後依照測驗結果來通報，預計下午就會有釋出……」

爸爸這時進門，眉頭深鎖的表示防疫物資暫時買不到，都被搶光了，又問媽媽是否測驗依然沒過，得到媽媽的答覆後爸爸沒多說什麼，只說那就等 1922 的 APP 出來再說。

雅芸想到浩晨他的提前布署，馬上建議：

「爸，我有個學弟他爸有點失智，所以他昨天就已經睡在農舍隔離跟爸爸分開，要不要我們也試試分流？」雅芸隱晦的建議著。

爸爸猶豫了下，向來粗線條的他卻罕見的同意，可能是也被剛剛街上的景象嚇到吧。

「好，我們在家都先戴口罩，一人一室，浴室不能共用。」

「我們怎麼可能一人一室，房間跟浴室都不夠啊？」雅真雙手一攤，疑惑著。

爸爸想了下：「也對，那至少我要跟妳們分開，我常去照顧妳們阿嬤，誰知道是真的失智還是確診那個什麼 CD 病毒，我怕不小心感染傳染給妳們。」

媽媽在旁嘆口氣：「如果你被感染現在隔離也來不及了。」

「我們只能盡力去做啦。」

雅真回到房間把窗戶打開通風戴起口罩。

「幹嘛開窗？」

「通風啊！」

雅芸站到窗邊心想，如果妹妹真的被感染，就跟媽媽說的一樣現在開窗也沒用，她無意間看到樓下有兩台軍用卡車駛過，這輩子還沒看過有軍車會駛過家門前，就像是要戰爭了。

待妹妹離開房間後，雅芸坐到床邊看手機，她點開再熟悉不過的浩晨訊息，這次她不知為何突然想打給浩晨，應該說這是她第一次有這個想法。

「喂？」

「嗨！學姊！」

「嗯，你那邊還好嗎？」

「我很好啊！」浩晨第一次接到雅芸主動打的電話，格外興奮。

「那就好，只是問一下。」

「學姊那裡還好嗎？學校發mail說明天開始居家上課。」

雅芸將剛剛的所見所聞告訴了浩晨，也許是找到一個抒發的窗口，另一方面也是對浩晨他有比大家早的危機意識感到一些佩服。

浩晨建議家裡還是隔離好，尤其盡量少接觸並未通過測驗的媽媽跟雅真。

「你的教授還有說什麼嗎？」

「沒有欸，我再問問我朋友，那是他必修的指導教授，就是以前跟我們同組那位。」

「阿偉？」

「欸對，就是他，我剛剛還跟他聯絡過，昨天都先買好東西了。學姊你們家也有囤好物資了嗎？」

「有啦，我們剛好昨天有去採購一些東西，只是沒很多，剛我爸回來外面已經買不到了。」

「這樣啊，我們桃園也差不多，我親戚他們說剛才出門一趟一樣什麼都買不到，不過等等看明天會不會補貨。我這邊是夠撐一個月沒問題，如果還搶的到就還會去買，最近我才挖出以前三級警戒的面罩，沒想到還派得上用場。」

話還沒說完，眼見雅真準備回到房裡：

「欸我妹進來了先這樣，大概是要我做什麼。」

「好，學姊拜拜！」

浩晨放下手機，在充滿農具跟水泥牆的農舍四周環顧，剛才的那通電話讓他充滿溫暖，又有點感嘆，在這混亂的環境中不知道何時才能與心儀的女神見面。

「我同學現在在韓國，排船位排不到。」雅真滑著手機走進房裡說道：「大家都在碼頭排隊做智力測驗。」

「對了，媽她還在做測驗？」

「我都沒過了她還在那擔心什麼。」她依然不改淡定的性格。

雅芸微微探頭只見媽媽充滿焦慮又一臉認真的滑手機答題。

外頭陽光普照，但沒有人有外出的興致，明天就要進入最高警戒，還在外面的人似乎正享受著最後一夜自由。社群媒體上分享著今晚在餐廳的晚餐還有電影票根，這些娛樂從明天起將停止。

1922 的 APP 已公布，全家人開始下載，直到登錄時才發現要輸入身分證字號跟指定電信的手機驗證，現在將用測驗來作為是否確診的一項指標，有通過測驗才能去上班上課。

雅芸遲疑了下，作答前上面有附註滿分一百分，低於八十分需自主管理，低於六十分不及格滿三次才需要通報，她才又繼續進行，代表有三次機會，這樣媽媽跟雅芸或許可以有合格的機會。

「來吧，這次一定會過！」雅真拿出自信開始填答。

媽媽則是非常自動的開始作答。

這次內容跟 WHO 給的題目差不多，都要先填學歷、性別、年齡，全部 ABCD 選擇題，只是多了些蠢題目，像是：「冰箱裡原有三條魚，兩人想吃魚，一人吃一條魚，那兩人開冰箱吃完魚後又買了三條魚放冰箱，這時候冰箱裡有幾條魚？」

「從台北搭火車到台中，兩台列車平均時速皆為一五〇公里，應該搭北上的列車比較快，還是搭南下的列車比較快？」

「時速一〇〇公里的汽車，要跑二五〇公里需花多少時間？」

「媽媽要小孩吃飯吃快一點，請問『快一點』指的是 A：吃飯時間不得超過一小時；B：動作加快；C：用筷子吃飯；D：只能吃飯吃到下午一點鐘。」有時題目做一做還有點想笑，這是在娛樂大家嗎？

果然毫無意外的高分過關，測驗完也不會告訴你錯在哪裡。

「欸你們做完沒？這些題目很搞笑欸！」雅芸笑著望向大家。

可這次連爸爸都笑不出來了，因為他們已經連續作答兩次都沒過關，爸爸一臉疑惑，覺得自己怎麼可能沒過關？

「這怎麼可能，剛剛你有回答道什麼冰箱裡面有魚的題目嗎？還有南下北上列車、吃飯吃快一點的？」

爸爸想了下：「魚的題目有，但另外兩個沒有。」看來每個人的題目都不同。

「現在已經錯兩次，是不是再一次就會被通報？它剛剛要我們填身分證字號。」雅真放下手機問大家。

「那你們先別再做。」雅芸認為還是別再測驗好，可是媽媽卻慌了：

「慘了！我按了！」

「這是第三次？」

「對，要我退出嗎？」

「退出可能會有紀錄。」一旁的雅真提醒。

大家一臉驚慌看著媽媽，雖然知道這樣做可能不對，不過雅芸自告奮勇把手機接過來幫媽媽作答。

爸爸立刻提議：「等等我們大家一起做，大家各自回答各自的，我想看看結果。」

隨著 APP 上面的倒數計時，他抓緊時間拿了幾張廢紙給大家，接著他打開藍芽將手機畫面連上電視螢幕。

雅芸沒多猶豫開始作答，並把答案同時寫在紙上，發揮考生的本領，一切都很順利，她答題速度甚快，讓家人都跟不太上。測驗終於完成，離時限還綽綽有餘，系統馬上計算分數，比前兩次還高分許多並順利通過，大概連外人都知道這是槍手吧。

雅芸鬆了口氣，還好沒搞砸，爸爸十分謹慎，開始要大家以雅芸的答案為準開始對答案，想看看其他人是否跟雅芸有落差。雅芸隨即開始報答案：「ACDAA、CBBAD……」只見報答案同時其他三人陸續的畫叉叉，最後錯誤率達三成，媽媽則為四成五。

「按照這邏輯，同樣的題目，雅芸都回答正確，可是我們都答錯，那我們可能真的是沒有她聰明或是已經被感染了……」爸爸有些緊張，推斷著跟雅芸說。

「唉唉別這樣說啦，我才剛考完試可能有那種……考試感？作答可能比較上手。」

「我是覺得這些題目蠻難的。」雅真說著。

「嘿對呀，而且用這種智力測驗的題目來判斷有沒有確診太不謹慎了。」

「總之今晚雅芸自己睡一間，至少她比較安全，不要讓她被感染，其他人我們討論一下。」

爸爸說完開始默默的斷開藍芽連結，電視螢幕又回到新聞畫面。

雅芸嘴上是說著安慰的話，但實際上心裡清楚，剛剛的測驗題其實只要腦袋稍微轉一下，都能理解並正確回答，這些題目比高中數學簡單不知幾百倍，莫非家人真的感染了CSD.1.7？

幾小時前歐美金融市場數度熔斷臨時宣布休市，外貿暫停了，這無疑是宣告全球經濟將進入停滯，各國政府受到史無前例的挑戰，全球供應鏈在一夕間停擺，每位民眾心中正在懷疑自己的國家政府是否有能力應變這次危機？

「我們曾經度過最艱難的時刻，這次的挑戰將比過去的防疫還要來的艱難，但我相信台灣依然團結，讓我們共同度過這個挑戰……」總統在直播中表示目前國際交通運輸受到阻礙無法仰賴進口，台灣得靠島內自給自足，所有警消將協助防疫工作，同時軍隊接管所有賣場，即日起民生物資採配給制。為解決無法一人一室的隔離空間，全台各地已建立隔離區，任何通報染疫的人將送往那邊集中管理。

也許台灣的秩序還算平和是因為政府在第一時間就下令軍隊接管所有民生物資還直接建立隔離區，雖然觀感很差，但這算相當果斷的決策。

「媽！過來看啦！」

在雅真的呼喊下全家人戴著口罩看直播，只見媽媽畏首畏尾從房間探出頭，大家都不知道媽媽已經悄悄把自己隔離。

「妳在神經什麼啦？」爸爸催促的說。

「不是啊！我最近忘東忘西，我怕得那個什麼 CSD 的傳染給你們。」

「妳想太多啦，妳要傳染給我們早就傳染了，沒差。」爸爸目光回到電視：「嘖，遇到這鳥事我看這次選舉他很難連任嚕。」

畫面正經演說中的總統突然停止談話，目光注視台下，場面變得安靜。雅芸一家也納悶的看著直播，心想著發生什麼事。

「你為什麼有雞腿吃我沒有？」總統這番突兀的話讓所有人傻眼，鏡頭拉長轉向一位在台下摘下口罩偷吃雞腿便當，一臉茫然的記者。

總統目光一轉，望著幕僚又問：「他為什麼有雞腿吃我沒有？」

現場記者及府方人員面面相覷。突然，總統不顧形象衝下台，嚇壞在場所有人。他推開所有面前的人，弄倒採訪席的椅子，飛撲去搶下該名記者的雞腿狂啃，周圍的人接連退開，現場連線忽然中斷。棚內主播滿臉尷尬，開始轉移話題：

「好……稍後有最新消息再為您轉到總統府，我們先來看到的是稍早交通部對於留滯海外的國人接駁船運輸方案……」

「這是發生什麼事？」媽媽指著電視問著。

全家人面面相覷，總統的糗態照理來說應該是一件難得又很好笑的事，但這時沒人笑的出來，大家都知道這件事的嚴重性。

「我想，我要不要去通報一下？分數這麼差。」

「現在快篩都還沒出來，通報也只是給妳做測驗當一個輔助工具啦！」爸爸安撫媽媽的情緒，說完隨手吞一顆高血壓藥，這讓雅芸感到納悶：

「爸，你幹嘛吃藥？」

「怎麼了？醫生交代我飯前要先吃藥。」

「不是，你剛剛才吃過……」

原先還懷疑雅芸亂講，直到一旁的雅真點點頭幫姊姊的話背書才認知到自己可能重複吃藥。

「是喔？……」爸爸神色有點驚恐，故作鎮定繼續看電視。

其實大家心底十分明白現在的情況，誰都可能染上CSD.17，這只是第一步。

現在一家四口各自在房裡不敢跟其他人接觸，走動路線、廁所都被分開，雅芸跟妹妹撈出塵封已久的高中課本、考卷，開始挑燈夜戰讀書，連爸媽都也跟進。

各地酒精庫存不多，每人都有限購數量，這次不同以往的新冠病毒有快篩劑，大家變得更加謹慎，從外面回來的衣物一定要立刻丟進洗衣機，並且立刻洗澡。

但歷經過新冠病毒時代的長輩們心裡都有底，這種積極自主防疫撐不了多久，因為人會疲乏。

手機發來國家級簡訊，通知減少外出等提醒。

通報——

所有公司、商店皆已停止營業，連遠距上班都沒辦法，因為越來越多民眾通報前往隔離區，那裡被管制不能上網，形同失聯，不像以前有所謂的防疫旅館。一旦進入隔離區就會先 PCR 檢驗，分為確診與非確診者，但即使沒確診也得留在隔離區經過潛伏期再次檢驗通過才能離開。

這次不同於以往的新冠病毒會引發感冒症狀，人可以康復；CSD.17 在體內可活躍半年以上，在此期間都有極強的傳染力，不攻擊身體其他器官只攻擊腦神經細胞，即便病毒最後從人體內消失也無法挽回受損的腦神經細胞，對人類社會的影響比致死率高的病毒還來的劇烈。在這環境下，本身就年事已大的老人家，不論是否失智，沒有通過測驗或沒做測驗的七十歲以上長者一律被送往隔離區接受 PCR 檢驗。

每日通報數高達六十萬人，可每日確診數只有兩萬人，大家心知肚明這是因為 PCR

檢驗量能有限。

這幾天，爸爸跟雅真把床墊拉出來睡在客廳，媽媽跟雅芸則分別睡在自己房間，所有人一律配戴口罩整天不拿下來，這時家裡只剩雅芸按時在做 1922 APP 的測驗。

據媒體提供的方法，現在唯一可做的就是不斷透過寫數學習題來刺激腦部減緩退化，每天國外的智力測驗官網都會提供一系列數理習題及邏輯思考等題目來供不同年齡層民眾練習。

「媽的！現在網購都不能了！妳看！」雅真生氣的秀給快步出來拿東西的雅芸看網購平台頁面，原本雅芸還想提醒她別靠這麼近，但這個晴天霹靂的消息讓雅芸也忍不住停下腳步：「這太扯了！」

不單單只是一家，所有網路商城全部停擺，官網首頁公告受疫情影響已無法再繼續配送，缺貨、海運阻塞、物流人員因被隔離而不足等多方影響，網購暫停服務。

對很多人來說，沒了網購比疫情還可怕，就像世界末日。所有網路論壇皆以此消息作為頭版討論串，網友遍地哀嚎。

有這麼一小段時間，沒辦法網購這件事比疫情最新進展討論度還要高！

「靠！真的是氣死人，而且我之前訂的護髮油好不容易才補貨，前幾天才下單現在又說沒辦法到！」雅真扭動著身軀在鬧彆扭。

雅芸聽了有點傻眼，這時候還在關心護髮油，但要說不能網購這件事還是頭一遭。應該說，現在發生的很多事哪個不是頭一遭？

「那妳那個要先按退貨還是怎樣？」

「不知道，客服現在全掛了，只有智能客服回答，然後都是廢話。」雅真放下手機說道。

「可能連客服人員都被隔離了，如果是這樣，那生產貨品的工廠員工也被隔離了，最壞狀況是停工了。」雅芸回想了下，繼續說：「不過聽爸講，以前新冠的時候也有發生過這樣的事，那時候東西也是很久才到，問問看是怎麼處理的。」

「不知道，上次新冠是爸媽那年代。」雅真聳聳肩。

雅芸起身就去問爸爸。

但這時只見爸爸焦頭爛額的講電話，奶奶似乎又開始不配合，以為要被送去安養院，讓前來接應的疾管署人員很為難。爸爸在電話這頭安撫奶奶，費了很久才說服奶奶跟著接應人員走，大伯自己也跟去，因為他也沒通過1922 APP測驗。

待爸爸講完電話，媽媽從房門探頭說其實自己也想主動通報：

「我怕我在這邊會傳染給你們，我如果去隔離，那裡至少會有些藥可以吃。」

「可是去那裡不知道什麼時候可以出來。」爸爸有些緊張，但最終還是拿起電話打去通報。

公衛專家委婉的推估說 CSD.17 在人體內可活躍半年，之後會達到與宿主完全共生，逐漸減少攻擊最後變成人體內的一部分，但他們不願說的白話文是過了半年腦袋也差不多壞光了。

聽到家人要送隔離，有沒有網購這件事似乎不是現在該關心的事了。

雅芸聯繫上其他姊妹淘告知當前情況，但對方傳來的家裡狀況似乎都不樂觀，浩晨來訊通知，他家人通報後已被帶走，自己則留在農舍自我隔離。

「喂？」

「喂，學姊。」

「浩晨，你那邊還好嗎？我們家最近通報了。」

「我還行，你們家通報多少人？」

「現在就我媽，剛剛打去通報了，疾管署都癱瘓了，要等後天才能來這裡篩檢，只能先自我隔離。」

「唉，我全家都列管，現在送大園隔離所，我聽台中的朋友說他家人已經好幾個被送到隔離所，電話都打不通，去現場看也不行，好像連軍隊都進駐在那裡。」電話那頭聽見浩晨憂心的語氣。

「嗯，我有看網路上這樣寫。」

「對了，學姊妳的國考填志願會不會被影響啊？」

「那個喔！我有收到通知被延期啦，現在亂成一團也沒說延到什麼時候，而且我前陣子車禍，什麼法院要開庭那些民事賠償的現在也沒消息了。」

「真是的，只希望趕快過去，反正有最新進展隨時聯絡。」

這幾天，爸爸要求每天吃一顆 B 群還有維他命 D，這聽起來對 CSD.17 好像用處不大，只是在這情況下的定心丸。

雅真也有了些變化，平時聽到有電話打進來還會露出一臉八卦的臉問是不是浩晨打來的，最近都不感興趣了，只是躺在客廳打遊戲，偶爾拿筆電上視訊課，上完課又躺回床上玩遊戲，變成名副其實的躺平族。這不怪她，在這不安的時候每個人都有自己的舒壓方式。

家裡飄著酒精味，再聞下去大概會變酒鬼，想出門透透氣，但大家都不想弄髒身體回來，怕被傳染。

聽鄰居說外面超商有些已經關門，想買東西挺困難的，因為全球的金融貿易、股匯市全數暫停，銀行帳戶也統一關閉無法領現，只保留網路銀行交易功能，商家轉而只收現金，仰賴網路交易的外送平台也很難發揮作用，且外送員也都不願出來跑單。

雖然說不少人在疫情失控消息傳出後就趕快去兌換現金，不料現在就算手上有現金好像也不太管用，因為還有營業的實體店也不多了，有錢還沒地方花。

不過政府明天就會公告配給制度，就看新制度是什麼。

好在家裡冷凍庫有水餃跟冷凍麵，再加上前陣子去賣場採購的幾包零食跟水果，還夠一家人吃一陣子，就這樣，一家人漫無目的又過了一天。

外頭傳來消毒機的聲音，就像往年社區防蚊蟲作業般吵雜。雅芸揉眼起床伸懶腰，嘴上的口罩讓人打呵欠也不自在，簡單打理下自己頭髮就聽到雅真在房門外敲門，要她出來拿早點進房，雅芸小心翼翼快速拿起桌上的早點又趕快回房。

打開網路直播影片，新聞正報導總統日前的脫序行為已符合CSD1.7第三期病徵，這說明總統本人自己就在隱瞞染疫，現已進行隔離並交由副總統代理，而副總統隨即宣布國家進入戒嚴狀態，適用戰時管制條例，根據《全民防衛動員準備法》，將管制媒體，民眾未經許可不得外出。大家知道台灣處在一個高度地緣政治風險的地方，對於戰爭準備多少心裡有底，只不過，台灣沒有人可以想到有生之年第一次見到國家進入戰爭狀態，要面對的敵人不是來自境外勢力，而是比世界上任何軍隊還要強大的敵人，亦是全人類的公敵——新冠病毒，CSD.17。

CSD.17 第四期將是最壞的狀況，患者將失去所有記憶甚至是自己的名字，行為認知能力等同於學齡前兒童，網路上已出現各種對策，用孩子能理解的示意圖，在染疫退化前為自己設計一套生活懶人包，以確保自力更生的能力。台灣已跟進世界各國，下令所有食品廠全力生產保鮮期最久的罐頭為最壞的狀況做準備，同時建議民眾避免自行騎車或開車外出。

在這時期已有些知名的直播主開始上傳影片分享如何在自己家中的牆上用圖示提醒自己每日應該要做什麼事情，並把家裡所有放在櫃子裡的物品散落在地上、桌上，以及任何肉眼可見的地方。若確診，一切都會忘記，更別說還記得櫃子裡有擺什麼物品，最後甚至會連什麼叫做櫃子都不知道。

以往說財不露白，現在一切相反，重要的東西更要擺在顯眼的地方。

媽媽開始照著網路影片的建議開始整理家裡，將房間裡沉積灰塵的古物挖出，戶口名簿、銀行存摺，還有結婚證書跟婚紗照也撈出來。本來想叫爸爸進來看，可考量防疫安全，媽媽只好自己欣賞，這年頭實體照片是稀有物品，翻開相冊，自己年輕時候跟英俊的先生合影，甜蜜幸福的影像是記錄了，但腦中這些記憶是否能像照片留存一輩子這就不一定了，若確診是否還會記得相片裡的人是誰？糾結的心還來不及感傷，瘟神就像是披著黑袍拿著鐮刀的死神不懷好意的上門，噩夢已來臨，已經來到家門口。

電鈴聲響，爸爸上前應門，幾位疾管署及派出所員警身著防護服及鎮暴服裝登門，身後其他相關人員也同樣進入周圍左鄰右舍，這氣氛非比尋常，現在是特殊情況，在戒嚴下的臨時條例中疾管署罕見擁有警察指揮權。

員警開門見山直接進入正題，並不想耗時間在這裡。

「林先生，我們接到你們有通報，所以趕快過來看看。」

「不是說明天嗎？」

「上頭盯很緊，昨天總統換人馬上就有新政策。」員警無奈的說著。

一位疾管署防疫領班的人開始掌控場面：「邱美姍女士在哪？還有大家麻煩出示下證件。」

「她們在自主隔離，都在房間裡。」爸爸回答。

相關人員也到房間門口敲門，要雅芸跟媽媽開門，但人不要離開房間。

一家四口簡單檢核過身分後他們給每人一台平板，輸入大家的出生年月日及職業後就出現幾道題目，大概都是小學雞兔同籠及少部分的基本常識題。

與此同時，一旁的防疫人員秀出平板調閱資料：

「林先生，我們查閱一下資料，從你們下載 APP 後只有林雅芸每天有按時作答通過測驗，邱美珊只有第一天有作答，其他人都沒有，不曉得有什麼原因沒有作答呢？」

果然，這個 APP 實名制是要掌控大家的作答狀況，是有連線中央的。

爸爸一臉不好意思掰個理由：「我們最近忙啊，忙著出門去採買東西忙到都忘了，而且網路不穩啊！」

防疫人員只是點點頭沒多做詢問，一旁的領班語氣強勢。

「好，我們時間有限，現在開始作答，題目根據年齡跟職業出的題目會不同。」

「現在？」爸還在狀況外。

「啊這字太小我看無。」

媽眯眼這樣說道，領班迅速將字放大。

「還有九分半。」

一家人見這班人馬全副武裝，感到渾身不自在，只趕著答題，眾人皆知數學測驗是目前 CSD.17 最有效的快篩方法。

雅芸答題上並無困難，依然保持合格標準。

時間到！雅芸得到九十分，反觀媽媽成績不滿六十，都卡在前面雞兔同籠的題目，爸爸跟妹妹只拿七十多分，領班下令將三人收押，一旁員警也開始伸手引導三人離開。

「林先生，不好意思你們三人要接受隔離，三分鐘收拾行李。」

「什麼？不是六十分以上居家隔離就好嗎？」

「這是政府頒布的新標準。」

「等等，這不符合程序！」爸爸大聲質疑。

「現在是戒嚴時期，請您體諒。」

雅芸被防疫人員關回房間請她稍待，只聽到門外陣陣騷動，這次不只是要帶走媽一人，現在連爸爸跟雅真都要一起被帶走。

雅真背著行李敲了幾下門：「姊，我走了。」

雅芸開門想看狀況，卻被防疫人員再次請回去把門關上，在門關上前看到爸媽仍望著雅芸。

「林先生，趕快，我們還有很多地方要去。」

在領班的催促加上員警「善意」的攙扶下，連道別的時間都沒有，家人交談的聲音逐漸消失，家裡卻留下其他人走動的聲音，消毒機的馬達聲再次響起，聽得出有人在他們家消毒。

雅芸目光望向窗邊，往樓下一看，家人都被帶上外頭等候的一輛被徵調來的公車，對面鄰居家同樣也被警方帶出幾人送上車，鄰居阿姨想錄影拍照卻被警方阻止，在一陣吵雜中，一行人浩浩蕩蕩的離開，一切都將成未知數。房門再次響起敲門聲，防疫人員請雅芸出來，要幫她房間消毒。

剛剛發生在雅芸家的事情正在全台灣各地上演，大家都明顯感受到，這次政府管制的手段比上一次新冠疫情爆發時還來的強硬。

來到客廳看到桌上只吃到一半的早餐，想必是剛才來不及吃完的，現在被消毒劑噴過想必也不能吃了，家裡留下些凌亂的生活用品，幾分鐘前一家人才在這生活，現在已經人去樓空。防疫人員消毒完後馬上收工，迅速離開雅芸家趕往他處，現在只剩異常的寧靜。

爸媽的結婚證書還有相冊還在房間裡的桌上，雅芸摸了摸相本表面，原本想將它闔上，但她選擇跟其他人一樣，將重要的東西留在視野可見處，預防自己被感染後什麼都忘記。

無助的雅芸手機傳訊跟浩晨說現在的狀況，也不知為何在這情況第一個會想起他，也許是因為家人都被隔離吧？但這次浩晨卻沒再及時回應。

家人都被帶走這可不是鬧著玩的，病毒的魔爪已經深入家家戶戶，正蠶食著大家的記憶。

真的獨立生活了，有點後悔大學時沒住宿，凡事靠家裡，現在得張羅所有事。

冷靜、冷靜。雅芸緊張間深呼吸又吐氣，平穩心情，放眼周遭，打開家裡所有廚櫃，照著網路影片那樣學著，將所有重要物品放在可見之處，盡量不要把物品堆疊，隨時做好應對，一旦隔離區負荷不了那可能就得像這樣居家隔離，沒人知道確診失智後是否會有人來救援，但不管怎樣起碼得先照顧好自己。

酒精瓶放在角落，口罩包放中間，現金紙鈔分類放好，泡麵碗、餅乾零食集中擺桌上就像供品桌，身分證、健保卡也必須放在桌上。

翻了下自己抽屜尋找網友建議的重要證件，大學畢業證書、護照，看來這些不是重要清單的一部分。

無意間翻到不久才放進去的浩晨生日禮物，她的素描畫像。

這醜醜的樣子還是先收起來好了……又從家中其他收納櫃裡找到幾份保單，其中長照、失能險的保單契約書特別重要，若真的確診那可是需要這些東西來支付後續費用，只不過現在保險業務員打去也沒人接，這些保單也不知道何時可以申請得到。

回到剛才的桌面，已經沒有地方可以擺了，接下來只能把東西往地上擺。

感冒藥、止痛藥，爸爸的保健食品攤在地上，罐頭還有些油醋瓶罐也橫躺在地上，這些本來被媽媽塞在廚房櫃子深處的東西現在都被拿出。

終於做到所謂的所有重要物品都要在視野內的標準，換句話說，家裡所有視野內可見之處都已亂成一團，這大概是這輩子看到家裡最亂的一次，連走路的地方都快沒有了。

外頭又陸續傳來吵雜的車輛引擎聲伴隨民眾的交談聲，望出去，巷口不遠處同樣也出現剛才雅芸家發生的事情，整條街家家戶戶似乎沒人能躲過這樣的強制隔離。

外面的世界亂了套，最起碼現在待在家裡是最有安全感的。

政府通知即日起每戶只能一人外出向區公所領取民生用品，必須測驗通過才可外出，但全家就只剩雅芸一人，爸媽電話手機都沒通，私訊也沒讀，根本不知道人往哪個隔離區去了。疾管署對外宣稱這是為了有效防疫，避免閒雜人等前往造成附近群聚，因此地點暫時保密，只知全台所有學校、體育場皆被徵用，不能確定自己親友被送到哪個地點。

她克服緊張的情緒重新整理好心情，想著下一步該怎麼做。要是浩晨這時候在身邊就好了，他雖然對未來不務實，但在防疫這塊好像特別了解，可這樣想對現狀也沒幫助，還是得靠自己。

在台北的好處就是即使離區公所有段距離，但還能騎公共單車，雅芸帶了幾個購物袋騎車出發。

全國已停班停課，近一半人口被隔離只剩部分公部門在運作，民生用品及酒精、口罩等物品已由國家配給。路上只有零星幾位路人，家家戶戶鐵捲門深鎖，店家停止營業，四處都是穿防護服的人在民宅消毒。經過一處學校，軍人全副武裝在校門口建立檢查哨，所謂全副武裝並非是武器，而是跟防疫人員般全身包緊緊的防護衣，只差在軍人是軍綠色的防護衣，至於在門口疏導的交通警察則跟防疫人員一樣穿白色的，上面貼上警察標誌。相比國外傳來的消息，歐美因為封城已陷入動盪，民眾上街示威遊行拒絕戴口罩配合防疫，趁亂打劫、縱火事件也層出不窮，需要鎮暴警察出動，台灣已算狀況穩定的地區了。

在街上看到路過的防疫公車，從車窗看進去，裡面塞滿準備 PCR 的民眾，這樣的話沒被感染的也會被傳染了吧？

一些不知情民眾的車輛誤闖管制車道，警察拿著螢光指揮棒揮舞示意其掉頭離開。

抵達區公所，外面排著長隊伍，被要求保持社交距離，防疫人員、軍警在一旁來回巡邏增添莫名緊張的壓迫感。一旁的婆婆媽媽討論著說，上次疫情來也沒像現在像這樣搞得像極權國家一樣。一位疾管署領班協同員警在隊伍內拿著平板抽查，將回答不出答案的人給帶走，常識題變成一種快篩方法，連出示 1922 APP 的測驗合格畫面也沒用，政府大概也是知道大家都找槍手吧？

「一年有幾天？」

「你車牌幾號？」

「你的生日？」

「不知道？帶走！」

「台灣有哪幾都？」

「台北、台中、高雄、台南，嗯，我想一下……」

「帶走！」防疫領班態度有些粗魯的叫員警從隊伍中抓人。

眼前不遠處，一位有著身孕腹部微凸的年輕媽媽正安撫哭泣的幼兒，恰巧被領班抽查，輸入身分證後隨即抽考：「一公里等於幾公尺？」

「一百！不對一千，一千公尺……」

「一個長方體，邊長八跟六，請問面積多少？」

「等一下！八六……八六……八乘六……」幼兒哇哇大哭使她更緊張。「帶走！小孩也是，距離這麼近沒戴口罩一定被傳染！」

眾人見狀想上前幫忙，但事實是那位年輕孕媽的確有被感染的風險，大家都不想被傳染惹麻煩，一臉愛莫能助的在旁無奈看著，見大家都沒作為，雅芸也相當猶豫。幼兒持續哭鬧，雅芸最終還是忍不住了。

「等等！」雅芸激動阻止領班：「八跟六的邊長是公分還公尺？你沒說單位！」她試圖挽救這位年輕孕媽。

「八六四十八！是四十八！」對方撫摸著懷裡的幼兒，連忙更正。

「回答太慢了！帶走！」

雅芸不知哪來的勇氣：「請等一下，她是孕婦而且剛生完小孩，荷爾蒙有影響，反應會有點遲鈍很正常吧！」

一旁排隊的婆婆媽媽也指指點點說著防疫人員的不是。

「嘿啊嘿啊，你們太過分了，看人家女孩子好欺負！」

領班身旁的員警也開始緊張起來，把手放在腰間的警棍、手槍上戒備著。

其中一位大叔也加入這些婆媽們幫孕媽發聲：「你們這些防疫人員有沒有同理心啊！人家是孕婦欸！怎麼可以這麼粗暴對待人家！」

「安靜！」領班大喊：「你們想被傳染嗎？現在這個時候我們不能大意！」

正義大叔回嘴：「你們這樣強押擄人，還有王法嗎！」又指著一旁的員警：「你們這些警察不用管一管嗎？他這樣違法！」

「這是中央政府的最新命令，可以上網查，新聞都有報。」領班強勢說道。

一旁的員警默不吭聲，似乎現在連員警都被授權給領班支配了。

正義大叔見眼前形式也不好反駁。

其中一位員警短暫跟領班講了下悄悄話，領班態度放緩。

「好……好，我再給她一次機會。」

領班斜眼望向孕媽再問：「八大行星離太陽最近的是哪顆？」她滿臉恐慌，什麼都想不起來。

「我給你十秒鐘，妳慢慢想。」

孕媽眼神呆滯，嘴裡碎碎念：「太陽……地球……月亮……八大行星……」

現場一片安靜，大家都想給她提示，連雅芸也在一旁看得很緊張。

「好，十秒鐘到。」領班看著計時器冷淡的說。

孕媽十分慌張，就像被判死刑一樣，眼神望著其他民眾希望有人再伸出援手，眼看正義大叔又想說什麼，領班又搶先說話：

「我再問一題，六加八加七等於多少？給妳二十秒。」

只見孕媽將眼神往上飄，抱著幼兒緊張顫抖的心算想答案，一秒秒的過去，現場異常的安靜，婆婆媽媽們也秀出手指來算。時間到了，孕媽也沒回答。

「六乘以八等於多少？」領班加重語氣問。

孕媽猶豫著，沒能答出，領班示意了下員警，在她的掙扎下被押上車，一旁的女警也趕來幫忙押送，現場的民眾失去了剛剛的正義感對此處置無異議，雅芸也無法救她只能眼睜睜看她被送上車。同時一位在排隊的人心裡有鬼想默默離開，被員警發現喝斥站住。對方加速試圖逃走卻被員警發射麻醉槍擊倒並一同帶走，在場民眾驚慌卻不敢出聲，對很多人來說第一次看到警察會這樣射麻醉槍。

短暫的騷動結束，領班看著雅芸隨口問：

「一個圓半徑三公分請問圓面積多少？」

還沒等對方問完她就反問：「圓周率三點一四一五九，是要算到哪一位？」

領班點點頭不再追問，繼續往下巡邏抽查，現在外面已變得充滿危險。

雅芸拿到各種食物，泡麵、罐頭、餅乾、零嘴、口糧，都是些超商買得到的東西，大概都是政府徵收來的。慶幸的是，家人被隔離的資料還沒更新，雅芸一人就領到全家人的份。這樣暫時不必擔心未來幾天食物的著落，更重要的是短時間內不必再去區公所排隊，被那些不友善的防疫人員問東問西。要不是因為領物資，大部分的人絕對不會想再去第二次，剛才整個氣氛很差。

拿著剛分到的物資回來，準備開始整理家裡，在這時候一直看新聞只會讓人更恐慌還有煩躁，雅芸腦海想著等等看個串流平台的電影換換心情好，還是打些電玩手遊好呢？要是雅真還在的話一定會聒噪的開始出主意。

萬萬沒想到，對很多家庭，很多人來說，這幾天會是「結束」的開始，有人已經結束了，有人準備開始新的階段。

爸媽、雅真始終沒消息，社群媒體上大家最後一篇動態多半是要送隔離所前的貼文，有人生氣、有人樂觀面對。漸漸的，其他朋友一個一個失聯，當手機再次打開時還能重複看到已看過的動態訊息，再往下滑系統便會顯示好友已無新動態更新的消息，就好像整個世界慢慢被結凍了。

寧靜——

秋天似乎來的早，氣溫變得舒適，原本這時候應該早就該填志願分發單位報到去了才對，現在疫情肆虐，根本沒人在乎這事了。

外頭巡邏車不時出現，所有人不得再外出，每隔幾天會有區公所的人來拜訪測驗、送物資，周圍鄰居也是每幾天就有人被帶走一去不回，其他時間只能在家看流量日益降低的網路論壇、社群來更新最新狀況。媒體已受管制，關於隔離所消息皆處於保密狀態，疫情指揮中心不再開記者會，只開放網站公布相關訊息。

新聞更新速度越來越慢，網路影片頻道的新片也越來越少，新聞台用防疫作為理由表示記者無法現場採訪只能用網路新聞來更新資訊，其他時間就是反覆播放著預錄好的防疫宣導影片還有那些商業廣告。

電影台、娛樂台完好如初，播放以前舊的內容，像是那些無腦的綜藝節目、歌喉 PK

賽、跳舞比賽，再不然就是國家地理頻道、陶冶身心靈的瑜珈節目之類的，讓人回憶著災變前的美好時光。

好在網路串流平台陸續開放免費的電影、電視劇觀看，只剩這些娛樂可以暫時讓人忘記現在嚴峻的疫情，稍微撫平民眾惶恐的心。

全世界的專家們正積極研究解藥，但似乎連專家們也染疫了。曾有位已確診的公衛專家表示，全球真正染疫的人數應該已超過七成，這是他還能保持思考前最後能告訴大家的事情。

核電廠怕人為操作失誤已預防性關閉，全國進入限電狀態，不知哪天開始新聞不再播報確診人數，網路上的新聞停止更新、路上也不再有巡邏車、區公所人員也沒來測驗篩檢送物資，最後停電、網路斷了，其他電子產品也因無法充電紛紛失去功能，更崩潰的是到最後也停水停瓦斯，絕望恐懼無限蔓延中。

家裡就算有剩那些公發的泡麵也只能乾吃就像咬餅乾那樣，舔著醬料包就這樣配著吃，以前曾看過些洋片，遇到災難被困在家裡或是某個避難所還是無人島之類的，主角都會自主運動還有鍛鍊身體來當打發時間的方式，可雅芸怎麼想都想不透，在資源短缺、糧食快見底的情況下怎麼有餘力這樣消耗體力？不知道這些老外是怎麼想的。

凌亂的家也懶得整理，更重要的是唯一與雅芸保持聯繫的浩晨也失聯快兩個月，難道他也被送去隔離了？

習慣充斥傳播媒體、網路的生活一旦失去，這樣反而顯得不安。高中數學已讀的滾瓜爛熟，不禁佩服自己會拼命讀討厭的數學，慶幸的是這能證明自己腦袋沒退化，數學就是現在檢測是否染疫的最佳工具。

打開窗戶，外面已經好一陣子沒動靜，鄰居阿姨在自家後院帶著詭異的笑容自得其樂的拔草，明顯是CSD.17第四期患者，最好別接近。

來到頂樓拿起爸爸的望遠鏡，不遠處也有幾個不分老少的居民衣衫不整聚集，他們比手畫腳試圖跟對方溝通，行為笨拙，這就是最糟的情況。再轉過頭用望遠鏡看市區那裡，零星的瀰漫著失火的濃煙。難道這世界真的這樣完了？爸媽還有雅真，他們還會回來嗎？

夜晚，外頭傳來淒厲的哭聲及狗吠聲，開窗順著發聲處望去，一隻野狗正向對面的鄰居阿姨吠，只見阿姨害怕的站在牆角哭得像個小孩似的，雅芸什麼事也無法做，畢竟貿然接觸患者可能感染CSD.17，只能讓她哭整夜。

「哭三小啦！」

有名赤裸半身的中年男子從遠方咆哮著接近，手上似乎拿著貌似刀子的東西朝那阿姨揮去使其慘叫幾聲倒地，男子詭異的笑容似乎滿意這吵人的傢伙終於安靜下來。但眼前的狗仍在吠，男子接著持刀跟狗打一架，最後被狗咬得渾身是血，低聲哀號，這是CSD.1.7第三期末的患者，已無「超我」及「自我」的概念，脾氣有時會暴躁，這跟以前爸爸轉述阿茲海默症的奶奶狀況差不多。見到這幕雅芸嚇得緊抱枕頭縮在一旁，直到天亮哀號聲才停止。

家裡所剩糧食還能撐一周，泡麵是很多沒錯，但沒熱水可煮，只能乾麵撒調味粉吃，按這情況下去勢必得冒險出門。

窗外傳來車輛引擎聲，這是過去一個月首次聽到車輛的聲音，一輛小客車停在她家樓下並下來一位著全套防護服的人，手持甩棍跟鐵桿子，該不會是疾管署來抓人的？還是CSD.1.7患者？該訪客按了電鈴，但又明白現在停電中，於是改敲門。

雅芸見對方獨自前來，接著對方拿起桿子把一樓鐵門撬開爬上樓，鑒於凌晨目睹的慘劇雅芸不敢大意，聽步伐聲已來到雅芸家門口，門把開始有動靜，對方似乎正用器具一步步拆解她家的門，這不明人士明顯的就是針對雅芸這戶而來。

雅芸機警的躲在沙發後面持木棍警戒，對方到底有何意圖？

這時門外的不明人士開始撞門，碰！碰！

現在該怎麼辦？雅芸內心十分慌亂，家裡只剩她一人，她必須拿出勇氣！

就在對方撞門的間隔，她故意開門讓對方倒進自家內準備拿木棍打下去，見對方伸手阻擋，防護衣內隔著透明塑膠膜的面孔貌似很面熟。

「學姊！是我！」

「浩晨？」

頓時間，緊張的情緒馬上釋放，雅芸趕緊將他拉起，把門關上。

「怎麼是你？你突然消失了，我以為你……」

「我沒事。」

「那你沒被感染吧？」

「來啊，考考我，問點難一點的題目，植物學、生理學，雖然我二下被當過，除了實驗課我還沒上到，其他都給問。」

「算了，你都還能開車應該沒什麼問題。」

「那我問妳。」

「我？」

「我得確定妳沒 CSD 病毒啊！」

「好吧，要考什麼？別問我什麼生物學，我本來就不會。」

浩晨掌控局面後馬上擺出淘氣的臉：「今年，我送妳什麼生日禮物？」

「一幅畫，我的畫像，還在我房間。」

「那為什麼我要畫妳？」

「為什麼喔……就沒為什麼，我生日啊。」雅芸想了下，並不想直接說出浩晨追求她才是真正的動機。

「奇怪？妳這樣不安全喔。」

「啊呦！你怎麼這麼討厭。」莫名的羞澀感讓她輕拍學弟的肩膀。

浩晨直覺反應的閃躲：

「學姊，等等，我身上可能髒！」

隨後他遞上了防護服：「我都消毒過了，妳可以穿上，這M號的。」

雅芸打量了下防護服，浩晨繞到她身後幫她披上並協助把拉鍊給拉好：「你怎麼會有這個？」

「我從附近學校拿的，那邊剩很多件，現在出門都要穿這個才安全，學姊多久沒出門了？」

「上次出去是幾個禮拜前吧，去區公所拿物資，後來就是派人來送，只是也好幾天沒人來了，然後外面又有怪鄰居很恐怖，我昨天還看到他砍人！」

浩晨聽了似乎不感意外：「那可能已經第三期了，現在第三期的感染者最危險，所以最好別一個人走在路上。」這也是他為什麼會持甩棍的原因：「我家農舍被感染的人包圍，他們闖進我家田裡狂吃我家種的水果，還好我跑得快。」

突然有人來家裡拜訪，看著眼前地上一團亂，還真有些不好意思，雅芸沒來得及解釋亂糟糟的環境，獨居了一陣子，現在有人來幫忙總比都沒人來的好。

浩晨看似有經驗的要雅芸把家裡所有食物跟手電筒、醫療箱、藥品全部攤在桌上，接著他認真的盤點物資，將認為有用的物品開始打包並要雅芸把東西收拾好，一起去他在市區物資充足的藏身處。他沒有過問雅芸家中很亂的原因，只是把握時間蒐集必要物資。

雖然不知道學弟是否有被感染，可這種情況還是有個伴比較有安全感，她穿上浩晨給的防護衣收拾家當，其他個人物品像是衛生棉、牙膏牙刷等也收進包包裡，除了雙證件，浩晨說其他的證件都沒用了，只有看得到、摸得到的民生用品才有用。

「藏身處？」雅芸問著。

「對，一個可以撐好幾個月的地方。」

雅芸自己知道家裡食物最多只能再撐五天，現在唯一的選擇也只能跟浩晨走。回頭望向凌亂的家，桌上那幾份失能長照險保單，照這樣的情況應該是沒用了。

下樓後，寬大的防護衣使雅芸進入副駕駛座還有些不習慣，外頭倒地的阿姨還有被狗咬得渾身傷的男子看似沒了生命跡象。浩晨似乎見怪不怪，只是看了幾眼問道他們是否為雅芸熟識之人，雅芸搖搖頭，看浩晨的反應，外面的世界應該這已經是常態，看來心理上得儘快調適了。

浩晨發動汽車載著雅芸離去，踏上未知的旅程。

行駛中，雅芸目光望向小學校園裡面，操場散落著管制拒馬、鐵絲網、帳篷，封鎖條隨風擺動；分隔島的樹叢發現幾名染疫者正在啃食野草，有的則隨地小便，晃著身體行屍走肉。

前方道路拉上封鎖線及障礙物，浩晨繞路開上人行道，沿途可見一些倒在地上瘦弱的屍體，聽以前網路上說，確診者所服用的膽鹼酯酶抑制劑其中的副作用是使人消瘦、脫水，這可能才是導致他們死亡的原因吧？

天上的候鳥成群結隊向南翱翔，看起來是因為秋天準備遷徙，馬路上沿途都是破敗之景，偶有餓莩於路旁，落葉及垃圾隨處可見。不時遇到衣衫不整甚至裸體、六神無主遊蕩的感染者，他們看見車輛經過會將目光望來，希望他們別來找麻煩。

「這裡是 FM989 防疫應變中心，接下來宣布今天的測驗答案，首先 A 版題目一到五題……」車內收音機還在播送著每日測驗，至少外面的世界還有沒被感染的人。

「疫情⋯⋯失控了，它變種得太快，就像病媒傳播課講的一樣，現在只能靠自體免疫法了，CSD.17到第二期就會加乘症狀效果，我們教授說的是真的。」浩晨邊開車邊說著。

「那隔離所呢？你家人不也在那裡？現在是怎麼情況？」

對此浩晨一直不想回答。

雅芸停頓了下，轉移話題：「這你家的車？」

「跟車行借來的車，暫時的。」

「租車？」

「借的，我有留紙條。」

「這就是偷吧？」

「車行老闆跟我爸很好，應該沒關係啦，老闆他被隔離我也聯絡不上。」

好傢伙，竟然偷車。

「而且現在加油站都關閉，電動椿也沒電，騎機車到台北的時候可能車子也發不動了。」

「那你怎麼會上來台北？」

浩晨臉上表現出羞澀：「我⋯⋯就是來找妳的，電話斷掉後我就沒妳的消息，我想碰碰運氣看妳還在不在。」

雅芸有些感動，不過她故作鎮定。

「喔，原來，謝謝你喔。」

「妳沒事就好！」

「在還沒失控的時候我就聯絡不上你了，手機不通、訊息也沒看你讀。」

「這就說來話長，我手機回去看我爸的時候掉在那裡，可能被我爸帶走，我也找不回來了。」

聽起來浩晨那邊狀況可能也差不多嚴峻。

「我在想，我媽可能有點這樣的症狀，她那陣子常忘東忘西，可我媽真的被感染的話，照這麼強的傳染力，那現在我應該早就被感染了吧?!」雅芸回想起家人被帶走前的一些瑣事，在世界失序前，只要人有任何反常的舉動都會引起大家的恐慌，事實最後證明這些恐慌並非人云亦云，而是真的。

「我都在懷疑我自己是不是也中了……」

「你們都住一起，共處一室？」

「當然，我們全家都住一起。」

浩晨有些訝異，眼神瞪大了下繼續開車：「那這樣，妳說不定有什麼免疫的基因在喔！」

「真的嗎？」

「希望是這樣啦，這只是我自己猜的，可是還是不能大意，它有潛伏期。」

前方有輛休旅車迎面而來，彼此互相減速停下，現在還能開車的大概沒被感染，對方車內有老有小，看似一家人，駕駛走下車，同樣也身著防護衣。

男子上前跟他們商討身上有什麼東西可換，浩晨用幾包零食換到兩罐氣泡水。雙方拿走各自換回的物品後還會噴酒精消毒，原來這就是外面世界的生活模式，以物易物。

「他們是誰？」雅芸小聲的問著。

「路人，我也不認識，現在要換東西就是要這樣。」

「那你沒問他們哪裡有避難所？」

「沒問欸，這個時候大家都是盡量不要群聚，所以大家能分散就分散，減少互動。」

「所以我們要去哪？」

「有個地方，算是我的祕密基地，就快到了。」

浩晨確認周圍無人後將車停在一處隱密巷弄，兩人穿著防護服走起路來有些笨拙，就像兩個太空人在月球漫步那樣緩慢。

走進一處辦公大樓的某立委辦事處，隱約在牆角看到競選海報跟標語，這就是浩晨所謂的藏身處。打開儲藏室，裡面有著大量的罐頭跟瓶裝水、酒精還有各種配給物資，浩晨表示聽他們里長說這位立委平常就有暗藏一些好東西，蠻會撈油水的，他在桃園的辦事處也有藏只是被搬空了，好在他要選下屆台北的區域立委，果然在這裡也藏一大堆東西。

跟浩晨預期的一樣，找到這棟大樓，在辦公室深處找到這寶庫，這些長效罐頭是政府下令食品廠趕工的成品，有著高營養蛋白，外殼沒多少文字只有圖示介紹及一個輕易就能打開的拉環。大部分民眾都還沒領到卻出現在立委辦事處私囤起來，總重量粗估有快半噸，至於囤貨的主人始終沒來拿貨，大概也得CSD.17，忘記有這回事了吧。

按這樣的囤積量足以讓兩人撐一年多左右，也正是這原因讓浩晨計畫若真找到就在這裡定居，雅芸暫時不必煩惱下一餐在哪裡，只是這些罐頭口味都很一致，得有吃膩的心理準備。

同時這裡吃剩的垃圾一律要往地下室丟，千萬不能隨手丟在外面，因為這樣會引來其他倖存者的注意，不能讓外界知道這裡食物充足，更不能讓感染者闖進這裡。

「我在這裡住大概一個禮拜了，剛來的時候我不確定這裡安不安全，所以我沒辦法第一時間找妳過來。」

浩晨說原本這裡有瓦斯爐，但四處都沒找到可替換的瓦斯罐，只好拿出軍用野戰口糧的石灰粉加水，瞬間成為熱騰騰冒煙的熱水，原理就跟暖暖包一樣用石灰來加熱。他將熱水倒入泡麵中並配上些突兀的野菜遞給雅芸，還特別強調用餐時必須雙手消毒。雅芸脫下防護衣用酒精消毒後就馬上開動，浩晨特別交代吃飯不能兩人同時吃，怕會傳染，畢竟這種病毒無症狀，在防護服裡的人也可能已被感染，不能大意。眼前的泡麵口味很普通，不知這段日子已經吃過幾次，唯一不同的是眼前多了一位認識的人，願意關心她的人，這碗泡麵吃起來格外的溫暖。

若要說還有不同之處就是泡麵碗裡加的這些野菜特別難吃，浩晨說這是龍葵，必須煮熟後才能吃，這是早上才用沸水剛煮過的。

現在將這種失智症的病毒歸類在 COVID-19 的後裔 CSD.1.7，但早在媒體斷訊前就已經知道 CSD.1.7 又持續的變種，傳染力比當初發現時還強，造成腦霧的速度又是幾個月前的好幾倍，按理來說只要有變種株產生，就該為病毒新增名稱，但它變化的速度快到連人類都來不及想名字。

基本上當前的情況只要有同住家人，防護衣就連睡覺都得穿在身上，如此一來才能阻絕任何感染的可能，雖然乍聽之下這是十分不便、惱人的生活模式，可唯有如此才能確保不會被感染。

浩晨還提醒最好太陽下山前把今天的事情都做完，晚上可不想浪費蠟燭，另一方面是為了安全，晚上不要點燈讓人知道你在這裡，不論是其他倖存者還是感染者。待雅芸吃完，浩晨才把防護衣脫下吃起了泡麵。

夕陽從百葉扇照進來，兩人穿上防護服一起坐在沙發望著冷清的辦公室開始說著這段時間的經歷。

「CSD.1.7 第二期到第三期很快，我們桃園那裡確診的人會開始互相攻擊、吵架打架，他們已經忘記怎麼講話，只剩本能的反應，我想這種狀況到哪都一樣吧？」

「我爸說它分四期，其實跟治療我阿嬤阿茲海默症的醫生分類差不多。」

「對，這我知道。」

「是有靠藥物治療，大概到第三期就會停住，我阿嬤她也會咬人。」

「真假？咬人？」

「嗯對呀，偶爾咬人，都我爸跟大伯被咬，餵她吃東西的時候遇到她不想吃的她就會生氣咬我爸手指，我阿嬤都忘記誰是誰了，不認識自己兒子。」雅芸停頓了下繼續說：「我阿嬤還沒失智的時候，每次回去看她都會叫我名字，還記得很清楚，我國小幾年級，升國中高中都不會搞錯，到我上大學之後就開始變化很大，忘了我的名字還有我爸的名字，會把我爸跟大伯搞混，說話就是……該怎麼講？前後邏輯不通，自己做過的事情會堅持自己沒做過，然後沒辦法自己生活。」

「就跟這次疫情一樣。」

「沒錯，就是阿茲海默症的加速版，像按快轉一樣。」

浩晨聽完雅芸奶奶的經歷後也分享關於自己家人的事：

「我爸被送走的時候應該是第二期，他那時候突然說我怎麼沒去學校上課，還很堅定認為我是小學一年級要教我ㄅㄆㄇ，吃飯筷子常常掉地上，機車鑰匙不知道怎麼插入。」

雅芸回想到最後幾次跟媽媽吃飯她也是動不動手上的筷子、湯匙會莫名掉落在盤中，刺耳的撞擊聲讓她有些印象。

浩晨接著說道：「然後我姑姑感染她也沒通報，那是在我爸被送走後幾天我才知道。過了好一陣子，下次看到她時候是我要準備上台北前，我看到她在家門口站著傻笑，開水龍頭玩水，這是第四期的症狀。」

雅芸又想起她出門前看到那位被亂刀砍死的阿姨，她生前也是站在門口傻笑。

「第四期後會怎麼樣？新聞好像從來沒提過。」雅芸好奇問。

「沒人知道會怎麼樣，如果沒人照顧大概會生病或餓死吧，就是完全失能。」浩晨嘆了口氣，隨手拿起政府的公發罐頭指著上面的包裝，之所以放上零星幾個開罐示意圖也沒這麼多文字就是在因應大部分人都進入第四期後無法自力更生的狀態時還能靠上面的標示進食，效期可以到五年，但雅芸目前只收過一次這種罐頭，其他的罐頭差不多也被達官顯要囤起來了吧。

桌上還有散裝的膠囊，雅芸先前也拿過幾顆，也是來自政府的公發藥物：膽鹼酯酶抑制劑，是爸爸之前說的失智症藥物，在疫情肆虐下如果會吃到這顆藥那就已經是確診之後最後能做的事。

「那隔離區的人現在怎麼了？你爸現在有消息嗎？」雅芸心裡還是擔心家人現在的狀況，只能再次試探性的問浩晨。

她覺得浩晨不是很想回答，不過浩晨還是透露點消息：

「隔離區有些人已經出來了，可是這些人被找到的時候已經確診的狀態，這是用肉眼就能知道的。妳說的隔離區我聽別人說其實已經不存在了，那裡很早就已經失控，全部都是確診者在那附近遊蕩，有些二期的勉強還能找到回家的路，三、四期的就留在原地，就像妳在路上看到的會吃分隔島野草的那種……所以最好別接近那裡，遇到會攻擊的確診者會很麻煩，尤其是青壯年的三期確診者，脾氣兇起來會是妳阿嬤咬人恐怖的好幾倍。」

雅芸心裡很難接受這種事實，寧可腦補些正面有希望的答案：

「那……隔離所有很多個，每個都這樣？不可能吧？」

「我是不確定中南部的狀況，只確定台北、桃園應該就是這樣了。」

雅芸自我安慰又沒什麼信心的說：

「對！搞不好我們家人到中南部去了，一定是這樣，我們也不知道是送哪個隔離所，搞不好真的是到中南部。」

浩晨知道在這時候人缺的不是真相，而是缺一個希望，他伸手拍拍雅芸厚重防護服下的肩膀安慰表示贊同，畢竟沒人知道中南部的狀況。

有了浩晨的附和，雅芸心情才放鬆下來，開始說著以前大學的共同回憶，她的笑容即使隔著防護服面罩也能讓人彷彿回到學生時代，這就是浩晨當初喜歡上她的樣子，那給人溫暖的感覺。就浩晨現有的資訊來判斷，過去幾周唯一可得知外界的媒體消息只剩零星的民間廣播，防疫單位逐漸消失，隔離區也沒人在看守了，在其他網路通訊皆失效的情況下，可能連中央指揮系統的人都感染了 CSD.17，無法再運作了。台北已經淪陷，台灣也沒來自南台灣的增援，這說明政府已經不存在，中南部大概也是差不多的狀況，台灣島外的世界可能也差不多了。

聊著聊著，雅芸終於停下來，有些疲倦，浩晨從她的溫暖中回過神來，沒仔細聽她說了什麼。見雅芸打呵欠，他得開始張羅晚上要睡的用品，可浩晨還來不及向她多介紹這裡的環境，雅芸就靠在牆邊，在夕陽的餘光中睡著了。沒有什麼毛毯給她蓋，只能看她穿著防護服睡去。

因為凌晨被自家外的騷動嚇得不敢睡，現在有了安全的容身處，雅芸就立刻開啟睡眠模式，要是睡覺能將不愉快的事忘去、解決所有煩惱，那該有多好。

雅芸一早醒來看到眼前的辦公桌椅，感覺相當陌生。也對，太久沒離開家了，這裡是另一個地方，她聽見浩晨一早就在倉庫裡忙進忙出。

她起了身，伸個懶腰，走到辦公桌隨意翻弄物品，大概都是浩晨帶來的東西，在眾多備品裡有個資料夾，在學校上課的話帶個資料夾還蠻合理，只不過現在是在避難怎麼會帶資料夾？雅芸好奇打開，裡面有幾張女人臉的素描畫，雅芸摸摸自己的臉，發現跟自己很相似。此時浩晨扛著物品進來看到資料夾被雅芸發現，有些尷尬。

「這個是我之前畫給妳當生日禮物，練習的素描，很醜……妳別看。」

嚴格來說畫的是沒送的好看，但也不錯看啦，雅芸心想著。

「你怎麼還留著草稿畫？」

「就……就對我很重要啊，不想亂丟。」浩晨也不知道自己在說什麼，眼神閃爍，不敢展現男孩內心裡的害羞。

雅芸禁不起這種曖昧的局面，顧左右而言他，巴不得現在就挖個洞鑽進去躲起來，眼角餘光看到一本壓在備品下的高中數學參考書，就像找到一根救命稻草，想也知道這本書的功用。

「那，我們來開始練習一下計算題吧？你帶這個來是要拿來算的吧？」雅芸拿起參考書翻閱著。

「對，我是覺得每天都要練習算數學、做數獨或是背英文，就算被感染還能減緩一下速度，只是在這之前要先補充一下營養才有腦力做題目啊。」

浩晨馬上拆開軍用口糧，將包裝撕開加水就能發熱煮熟裡面的食物，尤其是剛睡醒後空虛的胃，每一口都是莫名的感動，浩晨仍穿著防護衣望著她吃。

「那這東西要穿多久？」

「CSD.17 潛伏期長還會空氣傳播，難保我沒被感染所以要一直穿著，還要定期清洗濾網，而且聽說蚊蟲也會傳染病毒，不知道是不是真的，反正就都穿著，只有上廁所可以脫下來。」

浩晨看著進食中的雅芸，比出一個長方型的畫框手勢微笑。

「欸！不要一直盯著我看啦，很尷尬！」

「沒有，我只是在想，妳吃東西的模樣蠻好看的，下一張就畫妳吃東西。」

雅芸表面拒絕，實際上心裡莫名有著小小的喜悅。

「學姊，妳知道嗎，上次送妳那張，其實是我第一次認真畫人像。」

「你這傢伙很像偷窺狂。」

「沒有好嗎?!」

兩人為此嬉鬧了一下，雅芸感覺到對方的溫暖，在親友都不在身邊的情況下也只剩下學弟可信賴。想也奇怪，以前在學校看他就白癡白癡的，就不是女生會想深交的對象，現在雖一樣白癡，卻有種安全感，可能是因為浩晨有這間末世避難所的關係吧。

回到現實後，雅芸看著凌亂的物品，心想在這裡寄人籬下好像也不太好，雖說浩晨這傢伙應該是不會計較，但是自己還是覺得需要主動幫忙點什麼事。

「欸，有沒有需要我幫忙的？」

「沒有啦，我來就好。」

雅芸隨手提起一個水桶：「那這是幹嘛的？」

「這個是要接水的，等等可能要下雨了，我要上去接水。」

浩晨敵不過雅芸的堅持，於是讓她一起勞動一下。

兩人提著空水桶爬到大樓頂樓。

浩晨表示此處廁所兩人要分開使用，沖水都來自雨水，又指一旁的植栽，這是從他家菜園拔來的植物，包括番薯、小番茄、玉米、木瓜、燈籠果，浩晨介紹著各品種，其中木瓜還有分公、母，前者種出來會開很多花，後者只會開一株花，遇到公木瓜代表不會結果只能砍掉，可惜的是必須等開花才能分辨公母。

浩晨還準備了幾包綠豆跟蔬菜種子，將這些植物安放在頂樓的花圃，每樣水果都是經過挑選最適合種又實用性大的食物，來維持營養均衡，其他種在圍欄裡的花草是大樓本身就有的植栽，像是龍葵，煮熟後葉子也能加減吃，只是這些植物要吃最好配煮泡麵剩的湯一起配著吃，否則不是沒味道就是很苦。

「這未免太周到，你是怎麼想到這些的？」雅芸不禁稱讚浩晨。

「以前我小時候偶爾看國家地理頻道，裡面有介紹太空艙的生活會需要植物跟水就有聯想到，而且我爺爺家以前地震有被震垮過，小時候爸媽也會教防災包裡面要裝什麼啦，水、手電筒、口糧那些的，說什麼如果以後不小心遇到地震啦、戰爭啦也能派上用場，嘖嘖，結果派上用場的不是地震也不是戰爭，反而是疫情。」浩晨撥弄著番茄葉：「其實在我家的菜園原本種更多的蔬果，規模還沒大到可以給盤商收購，我爸就想與其給盤商抽取利潤不如自己摘一摘拿去擺攤賣，剩下還能自用，我小時候也偶爾在田裡幫忙。」

「可是定居在這棟大樓，放棄你老家的菜園來頂樓這邊種，會不會有點可惜？」

「不會啊，我們那邊很多感染者走來走去，有些還會來攻擊你，怎麼可能像平常一樣放心的在那種菜挑菜蟲？真要留在那裡也不是不行，就是要抓住空檔然後噴點農藥，不然蟲很多吃很快，農藥一下去少說也要五天才能退，在這裡有好一段時間的罐頭可以吃，頂樓種菜不用擔心有菜蟲更也不用灑農藥，所以在大樓裡面種相對安全。」浩晨說著說著，隨手拿起澆花器簡單噴灑。

縱使在大樓種植的產量少，整體考量下來在頂樓種的CP值比較高。

雅芸彎下腰看著這些植栽，自己是有打算想買些盆栽放家裡種，尤其那些療癒的多肉植物，到頭來，想歸想，最終還是沒種。

浩晨從屋頂往下看，他不時會查看周邊動靜，這段日子他只聽收音機更新消息，就近搜刮東西，不讓其他人知道這裡。他曾想把食物分給感染者，也曾見過好心鄰居餵過他們，可他們吃完就會把那裡包圍不走，為避免被傳染，所以那戶人家就把食物搬上車逃走了，接著感染者就往他農舍移動，把他家田裡的番茄吃完，浩晨只好離開。這些感染者很多都在家隔離，一旦吃完家中食物就會外出，逛著逛著就會本能的去其他建築裡翻箱倒櫃，他們不會思考，只會漫無目的遊走。

又有壞消息，FM989沒訊號了，唯一的廣播電台消失了。

下午兩人在辦公室角落間隔距離做數獨，外頭已是陰天，不一會雨聲嘩啦啦響起，浩晨身上穿著礙事的防護服，拿著水桶往屋頂上提還叫雅芸一起來，到了屋頂已有好幾桶滿水的水桶。

「妳看！我們有洗澡水了！」

「你認真？這是酸雨欸！」

浩晨脫下防護衣又準備脫下上衣，雅芸看著防護衣上的雨水仍疑惑。

「全世界的工廠都已經停工了，沒有汙染！我有檢測過，天上沒有酸雨了！這種雨勢不是天天都有，要沖澡跟洗衣服就趁現在！」話還沒說完浩晨已經拿好預放好的沐浴乳，考量到眼前有位女訪客還是委婉的把話給收回。

「學姊妳還是留在裡面好了，我馬上好。」

雅芸尷尬的回到辦公室，表面上說沒想洗澡，實際上早想來個淋浴淨身。

這滂沱大雨沒多久便減緩，不知過了多久外頭雨就停了，恢復以往的寧靜。

夜晚只剩月光提供照明，還有閃亮的星星為清澈的夜空點綴，從頂樓望去整座城市在黑暗中只有零星狗吠聲，並非沒有倖存者，而是他們為了保全自己都隱藏起來。

望著眼前陰森森破敗的城市，沒了人類昔日燈火通明活動的跡象，就像書本上看到的歷史遺跡，保留著災變前人類活動的軌跡。頂樓的幾桶水是天上降下來的禮物，這在疫情前的世界是整桶酸雨，或許世界正在改變，CSD.17 停止了人類活動，讓地球調養生息，如果新冠病毒是地球自己產生要來感染人類的，那這次地球是玩真的。

夜色下洗澡比較不怕被人看到，浩晨為她用幾片木板搭建一個淋浴間，還噴酒精消毒，地上已備好幾桶水，因為雅芸的關係，沒在雨天趕上洗澡的話就得額外消耗幾桶水。雅芸脫去厚重的防護衣，總算獲得解放，但脫上衣還是不太自在，畢竟浩晨在附近。她用最快的速度，也不管如同跳進游泳池般的溫差將水倒身上，抹肥皂洗戰鬥澡，啊，真是！這裡沒吹風機！

回到室內，雅芸戴上口罩拿浴巾不停擦拭頭髮，還一邊用手搖發電的手電筒來照明，以往習慣邊用吹風機邊抹潤髮，現在可以洗澡就算不錯了。

「學弟，不好意思浪費你幾桶水，還麻煩你搭浴室。」

「沒關係啦，只是盡量避免，其實我想幫妳擦頭髮，只是我怕我防護衣不乾淨。」

正當雅芸在那按手電筒辛苦之際，伸手不見五指的空間內微弱的燭光被點亮，學弟將燭火緩緩推向她，還保持防疫的安全距離，安靜看著她擦頭髮。

「欸！別盯著我看。」

「好啦，我睡前要來先做功課，這蠟燭是為妳點的，既然都點了就不能浪費蠟油。」

看著浩晨那身防護衣的背影就像大隻佬一樣呆，為了做數獨還刻意把小本子向外挪讓燭光照應，不禁覺得他還蠻可愛的。

「好了，可以轉頭。」雅芸擦乾頭髮穿上防護衣，拉上拉鍊。

「欸，學弟。」

「嗯？」

「謝謝。」

「謝什麼，對了學姊，妳介不介意把躺椅拉過來一起睡，因為我怕半夜有什麼狀況，我們一起才好應付。」浩晨被誇獎，有些害羞而表現憨厚，高興的說話都有些緊張。

兩人都是獨立的躺椅不是同張床，身上還包著滑稽的防護衣，這應該不會很怪吧？雅芸就聽浩晨建議將躺椅拉過來並排。

雅芸吹熄蠟燭，穿上防護衣。

「晚安學姊。」

「晚安。」

依靠——

真來的不是時候，生理期不會因疫情肆虐就停止造訪，肚子的隱隱作痛使雅芸心情多少悶悶不樂。幸運的是，雅芸曾聽閨蜜說她每次月經來時會痛到在床上翻滾，一定得吃止痛藥，好在自己的體質比起其他女生來得不痛，不然現在又得多一項物資搜尋清單：止痛藥。

兩人出發搜尋物資，駕車行經郊區，菜園已充斥感染者聚集在田間，不顧周圍的爛泥地，狼吞虎嚥啃食地上的高麗菜，這些食物一旦被他們接觸，就具有傳染風險。隨著停留時間越久，那些感染者開始滿臉空洞望向他們的車傻笑，還是先走為妙。

來到一處超商，浩晨在此停車，昔日家喻戶曉的711超商現在已成破敗模樣，從外看進去貨架上早已清空跟滿地垃圾，浩晨把電動門拉開，雅芸小心翼翼緊跟在後，確認裡面沒其他人後開始翻找遺棄的紙箱看有沒有發現什麼，浩晨在貨架底下找到幾顆全新的電池，這也算戰利品，雅芸在一些廢棄塑膠袋中找到幾罐米酒還有幾包香菸，並問他這也能帶走嗎？

只見浩晨稱讚找得好，這也是稀有資源之一呢！香菸？沒聽說浩晨會抽菸，他是什麼時候開始抽了？

幸運的是，超商後面的倉庫還有幾罐過期的止痛藥，加減帶走。

到了河邊，兩人下車坐在河堤的護欄上，眼前可以看到河裡漂浮一具身形浮腫的屍體，已經見怪不怪，大概是CSD.17第三期後的感染者失去判別危險的能力不慎墜河的，這些屍體可能還有傳染力，在政府還存在的時候這些確診者屍體是要在二十四小時內焚燒的，難怪浩晨堅持只喝自己收集來煮過的雨水。河的對岸有幾名感染者遊蕩，他們各自做自己的事，看著天空發呆、坐在地上玩罐子，就像無憂無慮的孩子，微風輕輕吹拂，就像野外版假日的兒童樂園，孩子開心的在草原玩耍，他們已經準備進入第四期。

浩晨注意到雅芸有些擔憂，她望著這些感染者，多少擔心自己家人也變成這樣。

「怎麼了？」

「嗯沒事。」

雅芸明顯有心事，自己最後還是吐出來：

「我在想，如果感染了……會不會就像這樣沒煩惱，很快樂？」

浩晨搔了搔頭：「這不一定吧？」

「哪像我們還在煩惱怎麼生存，就像我們班今年畢業前幾個月大家都還在煩惱要找什麼工作，去哪就業之類的，可能真的有出過社會的煩惱更多。你看看那些染疫的，可能活著沒幾天但是很快樂。」

同在河岸這側不遠處，一位中年男子牽著一位女子散步，兩人語無倫次的比手畫腳然後又異口同聲的放聲大笑，這也是第三期中後期的感染者。

浩晨跟雅芸望向他們確認距離夠遠沒有威脅，才又繼續剛才的話題：

「你知道我為什麼要考公職嗎？我應該有跟你說過。」

「有，我記得妳說家裡親戚被裁員，妳有危機意識，然後才決定考公職。」

「嗯不錯喔，代表你沒確診還記得。」雅芸小小開了下玩笑。

見雅芸還會開玩笑，浩晨放鬆了。

雅芸微笑了下繼續說：「其實還有其他原因。」

「說來聽聽？」

「我們家還有房貸二十年，一個月的本金加利息剛好就是我爸一個月的收入，我媽用她的薪水養我跟我妹。以前我小學的時候家裡是租房子，房東一直漲租，漲到我們租不起，我爸媽只好把所有積蓄加上阿公的一點遺產拿來當頭期款背房貸。我沒什麼一技之長，也不像其他同學可以去補習上才藝班，考公職至少穩定還能幫家裡分擔，不然我爸媽這麼辛苦養我們，連積蓄都沒有。我上一次的生日慶祝是我爸媽帶我去吃餐廳，是我小學二年級，那是搬家的前一年，有一家西餐廳，店名是英文我不會唸，想不起來叫什麼名字了。反正它主餐的牛排很好吃，蛋糕甜點、飲料都超讚，服務生還會唱生日快樂歌，喔還有，它的酥皮濃湯很好喝！之後他們沒再幫我慶生，再帶我去吃那家餐廳了。我其實很失望，後來那家餐廳也收了。我小時候一直覺得錯過慶生那是爸媽的錯，到大學才知道爸媽真的很辛苦。」

聽到這裡，浩晨不禁感到佩服，只大一屆的學姊怎麼可以說出令他無法想像的話，好像兩人的差距很遠，自己還沒想過要買房子，只知道房子貴到買不起，連想都不敢想。

「銀行那邊是說，如果貸款付不出來可以考慮先還利息，但是這樣本金更還不起，到最後就是要賣房子還錢，又要回到租屋的生活，有一種隨時被趕出去的壓力。」

浩晨跳下護欄轉身看著雅芸：

「不要緊，至少現在妳不用擔心沒地方住，妳看我不就把那棟大樓徵用了嗎！」

雅芸想了下，原來浩晨是指他占地為王的避難所。

「再說，這種情況銀行都關閉了，手上的鈔票也變成普通的紙，那貸款不就也跟著沒了。」浩晨自豪解釋著。

空。

想想也是，這場疫情帶來嚴峻的挑戰，同時也把舊世界社會裡該擔心的事給一掃而空。

浩晨為了讓雅芸開心，將手在胸前比畫：「所以呢，原本的煩惱有還貸款、找工作、想辦法保住工作，如果要再加薪那還要考試或換工作。現在的煩惱只有一個，就是防疫對抗病毒，好像簡單了一點。」

雅芸被浩晨的這番邏輯弄得好氣又好笑：「你這說法好像哪裡怪怪的。」

「如果妳還在擔心房貸，」浩晨用手憑空比畫，假裝拿著紙跟筆：「我代表中華民國政府向您取消所有的貸款，即日起生效，請您在這裡簽字。」

說完便把這不存在的紙筆作勢交給雅芸，逗得她開懷大笑，掃除她心中的擔憂。

拉回現實，幾位感染者在視野內緩緩接近，是時候該離開了。厚重的防護服對雅芸來說有點難順利跳下，浩晨伸出雙手想讓她搭上他手，對雅芸來說，異性相處間會盡量避免肢體接觸，性格保守的她還沒想過現在要這樣碰觸男生的手，就算彼此雙手有防護服包覆。但現狀沒給她多想的機會，她將雙手放在浩晨手上讓他扶著下來，兩人快步的回到車上駕車離去。

簡單的接觸，那觸感雖然只是兩雙手套堆疊的感覺，但浩晨扶她下來的那一刻，一種莫名的悸動像一陣熱浪撲向心頭，頓時覺得浩晨蠻帥氣的，她自己知道這可能是荷爾蒙作祟，思緒又馬上拉回來一些。

「學姊妳還好嗎？」浩晨邊開車邊轉頭詢問。

「喔，我很好，只是有點悶有點累。」

「我回去再幫妳調整一下換氣孔。」

「不用啦，我適應一下就好，你專心開車。」雅芸假裝鎮定，側身看著窗外，實際上還在想著剛剛令她悸動的那幾秒。

回到辦公大樓盤點今天搜尋到的物資，很幸運的找到一袋電池還有幾罐米酒，當前狀況除了糧食外，酒精也成稀有物品，沒有消毒工具，生活就無法安心。打開倉庫，裡頭的汽油罐不多了，浩晨搖搖頭，看來之後不能繼續奢侈的開車，他曾有幾次想找些管子用嘴去吸其他車輛的汽油到自己的油箱，但不知道該怎麼做，也沒網路可以查，只好作罷。順帶一提，浩晨是無照駕駛，難怪車子四周都是刮痕，這不怪他，過去遇到不會的問題可以上網找答案，現在沒網路，很多事情沒辦法學。

天氣不是很好，手錶上的時針指到五點鐘，外面的天色又暗的快看不到。這時雷聲響起，珍惜水資源跟愛露天淋浴的學弟馬上動身往頂樓跑，雅芸這次學乖把握這次機會隨他跑上去。傾盆大雨，四周建築高度都差不多，雅芸躲到木板後頭略微顯露上半身包起浴帽淋著老天的恩賜。雨水打在浩晨厚重的防護衣還有身旁的集水桶，被那霸道的女孩命令不准回頭！直到雅芸洗完澡穿好防護服出來，浩晨才加快腳步進入這簡陋的淋浴間，趁著大雨結束前趕緊沐浴。

就在兩人各自洗完這樣狼狽的戰鬥澡後，總算忙完今天的事。

回到辦公室，浩晨覺得有找到電池就拿來犒賞下自己，拉上窗簾，在伸手不見五指的辦公室裡點亮一個手電筒，打開口糧，兩人不約而同目視空間裡唯一的光源，輪流吃一個簡陋的燭光晚餐，在這裡浩晨立下規定只要吃東西就絕對不能講話。

雅芸吃完後終於可以說話：

「要是我們班那些喜歡當網美的同學住在這裡一定會受不了，防護衣包一整天，洗澡沒熱水不能吹頭髮，我那些在學校的姊妹們一定會說，喔！我的天，我寧可去死！她們有些人特別愛打扮，要保養，我們那群有兩位很雞婆會拿粉撲幫我上妝、畫睫毛膏，要是現在手機有電就可以拿給你看她們怎麼幫我畫的，現在我也沒她們消息了……」

浩晨把餅乾吞一吞，戴上防護衣的頭套：「妳還記得阿偉吧？算是我在學校最好的同學，我們都是系籃隊員，常常一起打球，有時候他會揪一群人打桌遊、辦聯誼，因為他以前是學校社團的，然後他喜歡外語系的女生，他們系很多漂亮的女生，就找我跟幾個同學充當人頭一起去那邊玩。」
「我看是你自己想去吧？」雅芸竊笑。
「沒沒……沒這回事！」浩晨就像做壞事的小孩被抓到。
雅芸在微光中看到牆上的月曆：「今天是幾月幾號？我已經過到不知道日期了。」
「我想想，應該十一月初了。」
「十一月喔，那疫情這樣爆才幾個月，怎麼好像過了好幾年，要是沒有疫情我現在應該已經分發單位，不知道去哪了？」
「這時候我們應該是比完系籃，然後準備期中考，拍學士服畢業照，準備兵役體檢。」
如果沒有疫情，世界可能依然在我們想像的範圍內運作。如果二〇二〇年新冠病毒爆發時全世界的人可以再團結一些，積極防疫，這世界就不會變成這樣，但凡事沒有如果，只有結果。人選擇了解除防疫、與病毒共存的這條時間線，就得承擔這樣的結果。
浩晨看著鋪床準備休息的雅芸，心裡知道如果沒有疫情，兩人的關係就不會像現在來的近，更不會一起在這避難所度日，雅芸所喜歡的人可能也不會是浩晨。雅芸大概會去上班，開始忙工作，浩晨畢業後也會踏入社會，兩人的生活日益漸遠，最後變成沒交集。這算是疫情肆虐下唯一讓他有動力積極生活的目標吧？

晚宴——

一早，浩晨挖了幾塊番薯跟木瓜下來準備拿來當今天的午餐，幸運的是這次的木瓜沒有公的，他說還有些燈籠果還沒長熟，只能先這樣。

雅芸依照浩晨指示將玉米挑出後留下一顆讓它曬乾，以用來日後種植。不得不說浩晨對種植很有研究，他從小到大在田園長大，懂的東西就是跟都市的孩子不一樣！

忙完農作物後在太陽大起來前下樓準備出門，為了節省汽油他們決定不開車改為騎單車，離開辦公大樓後走到附近布滿落葉荒廢的人行道，他向雅芸展示了法寶：公共單車。

撥開覆蓋車身的落葉，浩晨把單車給牽出來，這裡沿途的電子單車柱都被破壞，想都不用想又是浩晨的傑作，動機也很簡單：如果壞了一台單車直接換下一台騎即可，按照之前準備國考讀過的法學緒論，破壞公物、侵占、民事、刑事都躲不掉。

浩晨確認單車的剎車變速無虞後帶著雅芸出發，只是雅芸第一次穿防護服騎單車有些不習慣，重心不怎麼穩，容易搖晃，經過幾次練習後終於順利前進。路上除了廢棄物跟落葉外，遇到的餓莩死屍比例越來越高，這是第四期的感染者在缺乏照護後，因生活環境髒亂或亂啃食野外的髒東西，再加上日夜溫差大，所以到了晚上容易著涼生病，最後病死在街上，被野狗啃食或是被鳥類啄食。這只是街上看的到的屍體，在建築物內的恐怕更多。

其實要分辨是否有感染者居住並不難，十之八九都會在見到本體之前就會看到散落的雜物。

最近曾有一次，一位倖存者騎著機車經過，提醒雅芸跟浩晨若在一棟建築裡找到一具屍體，那很有可能有第二具第三具，最好別再進去，因為這些屍體可能也會傳染，就算裡面有物資也最好別碰，禽鳥跟貓狗也不能隨意接觸或獵捕。

有些被搜刮的店門口會被熱心的倖存者噴漆寫上「空」這個字，更仔細的則會說裡面有屍體請斟酌進入。

他們騎了十分鐘後來到一處傳統市場，各商家鐵捲門無一個拉起，浩晨熟門熟路來到一家雜貨店門口敲了下鐵捲門，過一陣子裡面傳來動靜，是一位大媽的聲音：

「幹嘛？」

「阿姨，是我啦，浩晨啦！」

浩晨表示要換些甜食跟超商會賣的那種小蛋糕還有些麵條跟番茄醬，老闆娘拉開鐵捲門出來，門內還有位同伴持步槍警戒，不知那些槍是真的還是只是 BB 槍？浩晨交出幾個公發罐頭、香菸跟幾顆自己在頂樓種植的小番茄和啤酒。

老闆娘表示這些還不太夠來交換，浩晨毫不猶豫的從背包裡拿出一大罐未使用的酒精，同伴放下槍拿抹布擦拭了這罐酒精瓶，交給老闆娘，而老闆娘拉下防護頭套向自己噴了一下該酒精感受是否刺鼻，以確保是真貨及濃度是否夠，爾後點頭向同伴示意拿出浩晨要的東西。

「你女朋友？」老闆娘隨口問。

浩晨有點尷尬：「不是啦。」

「沒事，只是提醒，你們兩個年輕的在外面自己小心一點，現在第三期、第四期的很多在外面遊蕩，會兇人的越來越多，晚上別隨便亂跑。」

同伴將物品放在地上後又馬上退回去，浩晨順手將換來的物品用酒精消毒放回後背包，雅芸也在旁幫忙收拾。

「阿姨有什麼新消息？」

「有些顧客他們偶爾還收的到網路，說國外有些地方有避難所，那裡沒有被病毒感染。」

「現在還有網路？」

「還有一點點，速度慢訊號很弱，手機開一開很快就會沒電。反正也不知道避難所是不是真的，你看看，沒多少天就變成現在這樣子，大家一起失智，下個月第三期末的感染者應該會到高峰期，之後就盡量不要外出了。不過我看那些感染者應該撐不過這個冬天，到時候城市就都是沒人處理的屍體，溫度上升又會傳染，明年看狀況可能要考慮去山區躲個一年。」阿姨的手有點抖，她不避諱的表示菸癮又要來了

「嘖，我現在抽菸都要小心，不然在到處酒精的地方抽菸真的危險，前陣子幾條街外，有個被感染的人自己住，有天他家整個爆炸，大概是感染後失智不曉得怎樣點火燒到一整箱酒精，轟的一聲！嘖，衰小。」老闆娘甩動手安撫自己顫抖的手：「哪天如果我確診，只要給我幾根菸就可以了。」

浩晨收拾完騎上車準備離去，老闆娘說雅芸看起來蠻漂亮，要浩晨好好保護她，臨走前還不忘提醒浩晨下次記得再多幫她找幾包香菸，她穿防護服不能常抽，每次只能在頂樓抽菸解放一下，需要多點香菸讓她一次抽個爽。

回去的路上雅芸想著剛才的老闆娘，從剛剛的交易得知，酒精真的是這時候以物易物的萬用之寶，對方第一個都先看酒精再決定給你多少東西，好在浩晨包包裡還預留些米酒，還能留到下次交易用。

「她是誰啊？」雅芸好奇的問。

「我媽在台北的朋友，做生意的，妳來之前我就有跟她換過一次東西。」

「那你覺得她說的是真的嗎？」

「蠻有可能的，現在城市裡的物資也遲早有天會用完，明年真的得考慮往山區走。」

前方又是一群遊蕩的感染者，浩晨忽然發現一個熟悉的身影，並要雅芸放慢速度。其中一位感染者竟然是阿偉！他全身髒兮兮的站在路中央對著空氣自言自語，浩晨將車停下並跟雅芸下車向他呼喊：「阿偉！」

他只是看了下兩人，又繼續自言自語。

「你確定是他嗎？」雅芸問道。

「我很確定。」

「會不會，他忘了自己的名字？」

雅芸的推測不無可能，浩晨見好友變成這樣相當的不捨，惋惜的搖搖頭，難以接受這種事實。他拿出罐頭擺在地上，阿偉眼睛發亮向罐頭撲去，嘴巴發出無意識的咕噥聲。浩晨連忙退開，只見阿偉雙手摳著罐頭卻不知怎麼打開，接著他氣急敗壞的捶打自己的頭。

要離感染者遠點，浩晨自己深知這個鐵律，但他仍冒險的接近，雅芸知道阿偉學弟不是什麼壞人，可看眼前狀況仍十分擔心浩晨。

浩晨眼神不敢離開阿偉，不知對方會做出什麼動作，他趁阿偉不注意撿起罐頭，防護衣的手套有點難打開罐頭的拉環，周圍的感染者也因為有動靜不由自主的湊過來，他們身著骯髒的衣服或是半裸，有著雜亂的頭髮或是鬍渣，感染者們越靠越近。

「浩晨！」

雅芸見一旁的感染者已步入十公尺內，她大聲提醒，心中增添幾分恐懼。

浩晨將罐頭拾起打開，只見阿偉又飛撲上來搶奪罐頭然後拼命用食指挖取內容物吃，不遠處的感染者也紛紛靠近，如喪屍般搶奪阿偉手上的罐頭。還有幾名感染者接近他們的單車試圖搜刮他們的物品，浩晨見狀抓起雅芸手奔往單車，其中幾名感染者朝他扔石塊，也有一位高大的感染者拿鐵棍朝浩晨揮來，好在他閃過攻擊並一腳把高大感染者踢倒在地，伴隨其後的感染者也因其撞擊而被壓倒。

兩人趕緊騎上各自的單車，一些比較年輕的感染者跑上來想阻止他們離開，這是單車，只要隨便被撞擊就會停下。浩晨按著鈴鐺吸引感染者注意，這招果然奏效，沒有太多判別力的感染者開始往浩晨的車移動。雅芸趁隙擺動龍頭閃過追擊，但浩晨卻快被包圍，情急之下他單手從後背包抓出甩棍連打擊中兩位感染者，對方跌坐在地，浩晨踩著踏板加速離去，與雅芸會合後，兩人像跑百米般衝刺駛離那地方。

其他感染者氣急敗壞，部分的人撿起地上的石塊朝著他們倆投擲，甚至是無殺傷力輕薄的樹枝跟塑膠袋也被感染者抓起來往雅芸他們的方向扔。

幾塊石頭落在他們騎車的行徑路線上，好在沒有一塊石頭砸中他們，回頭望去，感染者只追沒幾步路就放棄了，他們可能也忘記為何要追趕。

有驚無險，兩人順利抵達藏身處，好久沒這樣騎單車，明天大概會鐵腿，而且流了一些汗卻又不能洗澡還不能脫防護衣，只好往好處想，還好現在是秋天，要是夏天絕對崩潰。雅芸內心這麼想著。

浩晨這回不只幫兩人防護服噴酒精，還來回拿布擦拭防護服每個表面，以確保消毒徹底。

「失算，不應該騎單車去的，而且還看到阿偉……居然遇到他，那裡離他家沒很遠，我大概知道他家在那帶，而且還讓妳一起危險……」浩晨來回踱步，想著剛才的經過。

看著眼前自責的浩晨，雅芸知道他特別把自己帶到他的藏身處已經付出很多，主動到他身旁安慰他：

「好了啦，至少我們都平安，還換了很多東西回來。」

這次換回來的物品增添許多平常不太會換的東西，從老闆娘那換來了日本車輪蛋糕、小包裝的巧克力派，總算有些新花樣，浩晨還從倉庫裡拿出一些不知名的料理包，看起來這是他今晚準備拿來吃的東西。

雅芸主動提議今晚就她來熱食物，不過浩晨卻說不用，一樣他來就好，並要雅芸去頂樓拿些蓄水的水桶下來廁所，沖馬桶的水又不夠了，順便摘些小番茄下來。

看著頂樓的植栽、滿地儲水的水桶、簡陋破舊木板堆疊的浴室，那個連屋頂都沒有，靠雨水淋浴的天然浴室，雅芸彎下腰摘了幾顆比較成熟的小番茄，這季節其實還沒到盛產期，不是很好吃，可是比較好種，所以浩晨就從他老家搬了幾株跟種子帶上來。

全世界應該只有浩晨會幹這種事了吧，處處想得很周到，可是簡單又粗暴。雅芸真不知道該怎麼形容浩晨。

回到樓下，牆面上橙色的反光會晃動，明顯不是手電筒，再仔細走進一看是燃燒的小蠟燭，浩晨說這也是稀有資源不會亂點，可怎麼現在就點著了？更離譜的是，浩晨用紙箱堆疊出一個區域並在該區域噴滿酒精，這行為完全不符合節約資源的邏輯啊！

蠟燭在微光中燃燒，浩晨用蕾絲邊的桌墊將桌面鋪好，又拿辦公椅要她坐下並開始噴酒精消毒。雅芸一臉疑惑納悶，接著浩晨將剛烹煮完畢的義大利麵條夾出放於盤中，撒上番茄醬配上熱過的切片番薯，又將熱騰騰的紅酒燉牛肉料理包倒在盤中，將蛋糕拆開放入另個小盤子裡並點上蠟燭，餐後水果是木瓜，雖然木瓜可想而知應該不會太甜。浩晨拿了鋁箔包紅茶用吸管倒在玻璃杯中，雅芸望著蠟燭微笑，心裡被這突兀的景象弄得哭笑不得。

浩晨拿好自己的份乖乖坐到離桌面三公尺處卸下防護衣並向雅芸表示生日快樂。

「可是我生日已經過了啊?!」

「我知道，我是說妳小時候的生日，妳不是說妳想去外面餐廳吃好料，有牛排、甜點、酥皮濃湯，還有人幫妳唱生日快樂歌。現在我幫妳準備好了，只是……只有燉牛肉，然後我不會做酥皮濃湯。」

雅芸一時不知道該怎麼說，只是一直不由自主的笑著，感到很開心。

「所以？你去換了這些東西就是為了這個？」

浩晨點點頭默認：「還有啊，我們好像很久沒一起吃飯了，我指的是同一個時間一起吃飯，所以今天就破例一次脫下防護服吧，這些椅子都是辦公室沒拆封過全新的，我想跟妳吃燭光晚餐。」

「可這樣用蠟燭會不會太浪費？」

「這輩子沒有把握住機會跟妳燭光晚餐，才浪費了那根蠟燭。」浩晨淘氣的說著，臉角藏不住男孩的羞澀。

這次雅芸沒有再猶豫，答應了浩晨的邀約。

脫下了防護服，他們間隔約六公尺，一同享用自己盤中的美食，這些用超商食物拼湊的燭光晚餐。

水桶裝滿水，留下清澈的月光倒影，兩人在頂樓望著黑夜，再次穿上防護衣，它的附加功能就是可擋蚊子，在稍涼的秋夜就變成保暖服。

沒電的日子只能學古人舉頭望明月，低頭思故鄉，無奈故鄉已無人，只有身旁同是失去一切的人。

「上學期我修我們系主任的生物學，他是我們系的大魔王，愛當人，沒人敢翹課。這學期我們班有同學提問，他居然答不出來還惱羞成怒欸！到期末更嚴重，他連自己教過的東西都不會，我還在想該不會他老年癡呆，得阿茲海默症，可是他才不到五十歲，接下來妳也知道發生什麼事。」

雅芸回答：「殊不知，CSD就是阿茲海默症，只是換成年輕版的，我懷疑普考寫的沒很好也會上榜，該不會今年的考生其實大多數都已經被感染了？算了，沒差，反正現在也不重要了。那時候還在擔心出社會、要存錢、要有工作，沒想到這些麻煩就像你說的，反而都省了。」雅芸無奈說著，隨手拿起地面的小碎石向前方扔去。

「我們現在就已經出社會了，就是現在這個亂七八糟的世界，或許是人類嚴重破壞環境，大自然需要平衡才爆出這種病毒。」浩晨聳聳肩又接著說：「我爺爺最疼我們這些孫子，喜歡給我們零用錢，過年紅包都是一次好幾千那種。在我高一那年他跟妳阿嬤一樣被診斷阿茲海默症，很常忘記事情，我跟堂妹還會一起敲詐他，跟他重複領紅包，就一個屁孩樣。」

想起往事，浩晨自己笑起來：「有次去他家他居然連我的名字都忘記了，後來連我是他孫子都不記得，這不就跟現在沒兩樣嗎？有天我們變老就算沒得CSD，也可能會跟那些感染者沒兩樣，我怕這樣會忘掉世界上美好的事，還有在意的人，我家人、朋友、還有學姊妳。」

雅芸聽了竊笑一下：「齁，謝了，可以上榜你的在意名單內。」

「學姊，只要有一點點不小心，我們都有可能得CSD，趁現在還安全，我想告訴妳……」

難不成學弟又要說我喜歡妳之類的嗎？如果真是這樣那還不知該怎麼回應。

「林雅芸，我愛妳。」

頓時間，雅芸愣住，以往在這情況她不外乎會翻白眼，說個少來之類的話試圖淡化對方的告白，如今她被「我愛妳」這三字停止了所有思緒，想轉身離開卻又被無形拉回。眼前這位白癡學弟是多麼誠懇，這種感覺是從來沒有過的，浩晨說完只是微笑繼續看著夜空，並不在乎會得到什麼回應，眼神內已不再有祕密，只有真心。

一隻手牽住浩晨，在防護衣的厚度下意識到學姊在牽他手，雅芸的潛意識驅使她擁抱浩晨，一切都發生的太快，這就是雅芸的回應，不需用言語就能表達。

月光映照他們的面容，兩人對望彼此，嘴巴緩緩接近，他們試圖接吻，但防護面罩破壞他們的好事，嘴巴只吻到自己防護衣內的防護面罩。雅芸轉身主動握起浩晨的手，接著兩人情不自禁的起身，隔著防護衣擁吻一陣子，直到兩人氣喘噓噓停下望著彼此，之後兩人輕輕的、靜靜的擁抱一起。

他們互相倚靠，這天的月亮特別皎潔，沒有浪漫的告白、驚喜、只有安靜昏沉無燈火的夜景，在這充斥水桶、植栽雜亂的頂樓。對浩晨來說，追了雅芸許久，終於在這刻交往了，但這沒有勾起他昔日澎湃的心，此時此刻，對兩人來說，這已經很滿足了。

雅芸羞澀的表情藏在防護面罩之下，想到前幾分鐘那樣的跟浩晨這樣摟抱還有因為防護服摩擦刺激的敏感與略微的喘息，實在不想承認剛剛自己的行為。她立刻起身調整好呼吸回歸正常，浩晨也跟著起身，有點好奇雅芸想幹什麼。

調整好情緒後，雅芸轉身面向浩晨，眼神不敢直視他。

「浩晨學弟，如果……如果疫情沒爆發，就像以前那樣……我就去公家機關報到，然後可能不想交男友，或是男友不會是你，那你會怎麼樣？」

「妳認真問我？」

「嗯，對。」雅芸有點緊張，歇斯底里的繼續問：「就是……假如有另一個平行世界，那個世界就是你一直對我付出，然後我還是把你當一個普通朋友，最後我跟其他人結了婚，然後你有一台時光機，可以回到過去再從頭一次，你應該就不會花時間在我身上了吧？」

浩晨想著雅芸的假設性問題，統整了下：

「妳的意思是，如果我已經可以知道最後的結果是不能跟妳在一起，那我還會不會花時間在妳身上的意思？」

「對，就是這意思。」

「那我會盡我所能，盡一切可能去達到這目標，改變未來，讓妳跟我在一起。」

「那假如我註定最後會跟其他人結婚，而且這個結局不能改，那你還會花時間在我身上嗎？」

浩晨沒有想太久就給了答案：

「如果結果是註定的又不能改，那我還是會再喜歡上妳一次，追妳一次，愛妳一次，然後接受最後失敗的結果。」

「可是你都知道會失敗了，你怎麼還會想這樣？」雅芸抬起頭目光望向他。

「因為……我遇到了妳。」浩晨堅定的對雅芸說：「我遇到妳就會愛上妳，我不這麼做那這就不是我了。」

雅芸沒多說什麼，向前傾身再次回到浩晨懷裡。

隔離所——

一對戀人就在這亂世間形成，他們倆並沒有因此沉溺在戀愛中停下生存的腳步，只是兩人生活更以彼此為中心。

浩晨翻閱桌遊說明書研究規則，桌上是琳瑯滿目的遊戲配件，他正反覆的推演這款遊戲該怎麼玩，雅芸則是在一旁練習她還不算陌生的東西——背英文。

她就像一位老師，單手拿著書本向浩晨提問：「壯麗的。」

「L、O、V、E，I love you so much！」浩晨故意調皮搗蛋。

「什麼！你正經一點啦！」

「好，magnificent，M、A、G、N、I、F……F……」浩晨卡住想了下。

「你每次都這裡拼錯。」

「I、C、E、N、T！」

「好險！你沒被感染！你英文不好還能讀理組？」

「鼽！我會的英文又不是這類的。」

他們生活規律，每天固定做習題、背單字，互相考對方還會打撲克牌動腦娛樂，就算隔著防護服，彼此也能打鬧嬉戲。

回到現實，想起老闆娘的忠告，第三期末的感染者即將進入高峰期，到時街上的感染者情緒可能會不穩定，得在這之前把握時機搜尋物資過冬。隨著地圖上探索的區域越來越多，這次他們決定到其他陌生的區域尋找，更重要的是，這次一定要開車。

但開車的壞處就是某些窄又有棄置物的街道不太方便行駛，只能走大路比較順暢，在缺乏汽油的情況還得規劃路線，一旦沒了電，手機地圖便是不存在的工具，好在前陣子才剛從棄置的書局內找到台北市的紙本地圖。

順著地圖上的大路走，他們駛上忠孝東路，沿途會經過各大精華地段，遇到的超商、賣場比較多，可以碰碰運氣找到些可以過冬的用品甚至是保存期限長的食物，出去一趟的效益比較大，疫情爆發幾個月來還能在市區找到生活用品，這只能說明倖存者寥寥無幾。

這次出門的首要目標除了為數不多的酒精、食品之外，禦寒衣物、暖暖包、瓦斯罐、感冒藥也成重點項目，另外書店、五金行這些也逐漸成搜刮目標，畢竟沒有網路文章、影片來解答生活疑問，就得回歸原始的方法——閱讀書籍找答案。

搜刮到的成品只會越來越少，到時候得學會維修。

他們偶爾遇到在賣場裡搜刮物資的倖存者，對方手中也有甩棍、木棒等武器，但彼此都知道這些武器是來自保的，並不是要攻擊、搶奪對方的。雙方都包覆防護衣，彼此也不會看清楚對方長相、年紀、性別，這對雅芸跟浩晨算好事，對方也不會因為是兩個年輕人而動些歪腦筋。

來到台北大巨蛋的路口，前方道路被路障所封閉，還有疫情爆發初期的防疫車輛跟臨時帳棚被棄置在那裡，這裡大概又是當時做 PCR 的檢測場所。

浩晨猶豫是否下車，眼看搜刮的物品有限，雅芸建議下來看看是否有零星的防疫物資，再說大巨蛋旁有大型百貨商城跟電影院，雅芸曾在這裡當過短期工讀，知道裡面的倉庫怎麼走，那些商品不見得都會被搬光。

回想起三年前的現在也是十一月，是百貨周年慶，人潮洶湧的日子，為了貼補家用，她上網找到工讀生的職缺，負責開架商品理貨，當時路口車輛管制導致廠商的貨車無法順利進入卸貨區，樓管帶她跟其他工讀生走大巨蛋東側的入口繞一圈進入地下連接百貨的通道到達倉庫，裡面堆滿各種貨品，還會經過停車場。現在百貨商城一樓被強化玻璃保護，大門也被封死，或許可以用這條少數人才知道的祕密通道進入倉庫。前陣子才下過大雨，在無人看管的情況下還得先確保地下道沒被水淹沒。

浩晨認為若百貨一樓已被堵死誰都進不去，那裡面可能就沒有確診者的屍體，連倖存者也沒進去過，再加上雅芸知道少數人才知的祕密通道，或許值得探索一下。

兩人帶著鐵撬跟甩棍來到大巨蛋東側入口附近，從外頭玻璃帷幕看進去並無異狀，走道也很乾淨，除了防疫人員遺留下的封條外沒有其他雜物，這裡應該沒有感染者屍體。據經驗，若有感染者闖入的建築地面都會相當凌亂，有時在門口就可以直接見到他們骨瘦如柴的屍體。

浩晨先讓雅芸在此留步，並獨自一人朝外頭幾處隔離帳篷前去，小心翼翼打開。除了凌亂的器皿跟防疫配件外就沒其他東西。這使浩晨稍微鬆口氣，轉身向雅芸表示繼續往前，雅芸隨手撿起帳篷內的防疫配件便繼續向大巨蛋內前進。

相較於百貨那棟建築，大巨蛋的門沒有防備這麼嚴格，只需推動大門就能進入，藉著手電筒照明，兩人很快來到雅芸當年樓管帶的祕密通道。令她失算的是，那時的安全門是打開的，門口還放了些物品把安全門頂住方便工作人員通行，如今安全門是關閉的，身上的鐵撬完全無法破壞，通往西側的通道也被鎖起來同樣不好破壞。這下只能找替代路線，浩晨看著牆上的內部地圖，看起來只剩最後一個方法，就是直接穿過球場一路向西邊的地下通道移動進入百貨商場，若門一樣破壞不了或是地下已被淹沒，那也就只能認命了。

幸運的，球場的鐵門沒鎖，不費任何力氣就到球員休息室，憑藉著外頭的餘光來到幽靜昏暗的打擊場，放眼望去視野遼闊，只有略微陽光透進來，球場上堆了不少雜物。

浩晨自豪的在她面前張開雙臂：

「妳知道嗎，我以前小時候的夢想是成為棒球選手，因為我覺得打棒球很帥！」

「我以為你比較喜歡籃球。」

「兩個都喜歡啦，只是籃球比較好約，棒球不止要場地還要很多人一起，想也知道不可能。」

接著浩晨舉起甩棍走到本壘板上作勢揮棒，不亦樂乎的逗著雅芸。

雅芸提醒他：「欸！你別忘記我們是來這裡找東西的，不是在這邊打棒球。」

「有什麼關係？安打啦安打！妳看球來了，鏘！球飛往左外野，這一球……喔耶！全壘打！」浩晨自得其樂的演出，以為自己真的變成球星。

雅芸看著淘氣的浩晨在那裡表演棒球，腦海浮現爸爸的身影。他也很愛看棒球，要是爸也在這，他一定會嚴肅的教訓這小子，該怎麼揮棒，要站在哪裡打擊。

在與雅芸嬉鬧之際，浩晨眼角餘光看到往一壘方向的雜物堆疑似有台發電機放在打擊區裡，便湊上前確認。

「有發電機欸，我現在恨不得讓我的行動電源接線，不知道能不能用。」

他伸將主開關切至手動啟動位置，發電機隨即啟動，指示燈顯示正常，隨後附近的盞燈亮了幾顆照在發動機附近，有了幾顆照明，看清楚了球場這些雜物的樣貌，又是一堆帳篷還有桌椅，既然都來了，當然就順便找看看有什麼東西。

雅芸從地上的紙箱找到許多不明的膠囊狀藥物，跟之前公發的膽鹼酯酶抑制劑膠囊顏色不同，外盒還有標示「WARNING」的警告標語，看起來很危險。一旁桌面也有其他零星可用的防疫用品、手套、護目鏡、N95口罩，雅芸似乎看到更重要的東西，桌上一份文件標示了各隔離所位置，台北主要隔離所設在八里、林口兩地，家人有可能就在那裡。

這時浩晨順著發電機電線又在地上找到幾個開關電源連接到幾盞不亮的燈，要看清這裡的全貌那當然是要開燈，自從斷電後自己可是很久沒開過燈這玩意兒，當然就要豪邁的全部按下去。

幾盞大燈打開，微弱的光線照映在四周觀眾台，不料卻發現觀眾椅上散落無數的乾屍東倒西歪，部分屍體則是半脫落腐爛，露出骷髏頭！

雅芸嚇得尖叫，同時浩晨自己也驚恐的瞪大眼雙腿癱軟在地，防護服讓他們無法察覺屍體臭味，就這樣他們誤入了這個大型墓園！

下一秒他撿起甩棍嚇得在地上爬了幾下，勉強站起來，然後拉著雅芸趕緊離開。他們一路狂奔，連鐵撬都忘了拿，順著原路驚慌失措逃出來，沿途撥開封鎖線跨過障礙物來到外頭才氣喘噓噓停下，久久心情都無法平復。就算在街上遇過不少感染者屍體，可一次看到滿山滿谷的屍體，這心理衝擊十分劇烈！

「這件防護服回去要洗了，大巨蛋裡面應該都是病毒！」浩晨喘著氣告訴雅芸。

畫面恐怖歸恐怖，雅芸驚恐之餘也發現不太對勁，通常感染者的屍體是分布在不規則的地點，但大巨蛋內的屍體竟然是有規律性的集中在觀眾席，這到底是怎麼回事?!

浩晨將心情平復下，娓娓道出一個恐怖的假設。

「我在桃園就聽過一個傳聞：送去隔離區的人如果發現確診就會被安樂死，現在好像印證了這個說法。」

雅芸回頭想想，的確很怪，大台北地區少說人口有三、四百萬，怎麼幾百萬的人送隔離區後就這樣人間蒸發了？市區內找到的屍體也對不上這人口數，加上剛剛找到的不明膠囊，莫非這是真的？

其實這個猜想浩晨自己心裡有數，自己家人差不多也是這樣的遭遇，早在警戒令出來後不久就有安樂死的傳聞，當時政府說是假新聞。

不難理解政府的做法，CSD.17傳播速度太快，太多人被感染，若染疫人數真的超過八成以上，等於是剩下兩成的倖存者得冒險照顧八成的感染者，還增加傳染風險，為保全剩下來還沒被感染的人，於是將所有確診者安樂死阻止傳播，這樣少了病患也對災後重建有利。

綜觀大局，這也許是至今仍有倖存者的原因。

雅芸知道爸爸、媽媽、雅真恐怕也被這麼處置，她流著眼淚，不斷捶打著浩晨，怪他怎麼沒把這麼重要的資訊告訴她，浩晨沒有作為，任憑她拍打。

哭著哭著，她又主動靠在浩晨胸前，雅芸的眼淚鼻涕沾濕了自己防護面罩，起了水蒸氣，內心的堅強抵不住悲傷。無奈防護衣隔起來，雙手無法碰觸臉頰只能讓臉上的水痕自然的流下，浩晨伸手摟住她肩膀給予安慰，這是目前他能做的。他抱住雅芸望著大巨蛋。

雨滴緩緩落下，他們放棄了大巨蛋連接百貨倉庫的祕密通道探索，驅車離去。

在球場帳篷找到的不明膠囊大概就是執行安樂死的藥物，在林口、八里的隔離所可能狀況也差不多，這就是政府瓦解前做的最後一件事。

「姊，我走了。」

這是雅真跟她說的最後一句話。那天防疫人員帶走了她的家人，一切都這麼的不真實，現在還有哪件事情是不離譜的？政府已經瓦解，那這些被隔離的人跑哪去了大家其實心裡都有底，只是沒人想去面對現實……

回到藏身處，他們互相清洗彼此的防護服，又消耗了不少清潔劑跟酒精，倉庫裡長效罐頭還足夠，但防疫物資的庫存也越來越少，若缺乏防疫物資，有再多的糧食也沒意義，看來得加把勁了。歷經剛剛的震撼場面兩人心情還沒平復，雅芸整個人有些消沉。

老天在這時也不給面子又開始降雨，日子還是要過，等下過雨後幾天，差不多又要去頂樓收割些燈籠果。

不一會見外頭的雨勢越來越強，直覺的又要衝頂樓去洗澡了，不過看到打在窗戶上的水珠比往常還用力，兩人馬上察覺不對勁，滂沱大雨伴隨強風，看來這些農作物來不及搶救了。盆栽已泡滿雨水，風勢越來越強，一些玉米已經被吹到地上。他們合作接力將僅存的番薯跟小番茄放入袋中搬入室內。

浩晨看見他搭建的浴室逐漸不牢固開始分崩離析，他趕緊拉著雅芸進入室內，然後奮力的將安全門關上。

確定門窗都關好後，他們狼狽的回到辦公室，拿乾抹布擦乾外層的防護服躺在沙發上。望著天花板，浩晨抬起手試著通過雅芸的後腦勺摟她身體，但因防護服厚重只好作罷，把手收回。

外面的狂風暴雨大概是颱風，原以為今年颱風不會來，卻出乎意料的在晚秋到來，習慣氣象預報的日子就忘了有颱風這特殊氣候的存在。嘩啦啦的雨水聲，強風從窗戶的縫隙咻咻咻的吹進來。

兩人躺在一起看著窗外樹枝被強風吹動的晃影，眼見苦心照顧的植物果實可能凶多吉少，心裡不免灰心。此時雅芸特別疲憊，她好奇問：「欸，萬一我們其中有一人被感染該怎麼辦？」

浩晨撫摸著她的頭：「說什麼傻話，我們能撐到現在搞不好我們有抗體，我們是天選之人。」

「是嗎？可是你之前不是說怕會一不小心就感染之類的？」雅芸睡眼惺忪的閉起眼。

浩晨想說些安慰的話卻被自己先前說的話打臉：「是沒錯……」

「我想說，如果我真的確診了，你還是遠離我比較好。」

「妳確診我會陪妳的。」

「如果你確診我也會陪你，你這個傻小子。」雅芸打了呵欠，迷迷糊糊的說。

「真的？」

「嗯。」她閉著眼，滿臉睡意的點頭。

浩晨思索了一番：「哪天我真的確診，我會把握最後的機會告訴妳，我愛妳，因為我跟妳在一起的每一天都是我這輩子最充實的一天，尤其妳的笑容還有那美麗的雙眼總會讓我感到暖心。有時候我腦海裡會做一個白日夢，可以跟妳坐在海邊看夕陽，這會是世間萬物都比不上的美好，所以我很珍惜跟妳的每一秒鐘。如果這個病毒要我忘記妳，我會在失智之前用盡所有力量不停的想著妳，因為妳是我在這世界上所能遇到的最美麗的事物，也是我最掛念的那個人。」

聽浩晨說完，雅芸挪動身子靠近浩晨，依偎著他緩緩睡去。也不曉得剛剛的話她是否有聽到，浩晨摟著滿是塑膠觸感的女友想著，若有天彼此能脫去厚重的防護服這樣抱在一起，就像往日街上看到的情侶們這樣手牽手逛街，一起躺在舒服的床上，一起看山看海，一起看日出，那會是多麼的完美。

經過兩天的狂風暴雨，颱風終於過境，雨停了，微風吹拂著路樹。必須在太陽出來前挑出僅存可食用的農作物，因為一旦太陽出來曝曬，這些泡水農作物就會加速潰爛。經浩晨檢查，原本該長大的玉米與木瓜已經泡水，燈籠果更屍骨無存，整個不見，頂樓的農作物經過盤點只剩豆芽菜還可食用。雅芸用盆子瀝水，將充滿泥土的豆芽、小番茄清洗，這些食物現在不吃完不行。

幸運的是，浩晨在包包裡還有綠豆跟白菜的種子還沒使用，之後還能重新種植。

出乎意料，靠近女兒牆邊緣放眼望去，整個市區已變成水鄉澤國，路面都是泛黃的積水，目測約有一公尺高。來到被淹沒的一樓大廳，這裡有飄進來的雜物還有幾具屍體，浩晨拿著飄來的大樹枝將屍體給推出門外，涉水前往停車處，果然車子已泡水，看來這台車沒救了。

「我們只能先休息了。」雅芸看著水流緩緩流入一樓大廳，只能給這樣的建議。

「只好等水退了再出門吧！我們先回樓上，或許可以規劃一下之後該怎做，然後把頂樓的積水清一清。」

回到樓上，一如往常，兩人互相用毛巾擦拭彼此的防護服，為彼此噴酒精消毒，雅芸噴到一半發現酒精瓶已噴不太出來，沒想到這麼快就見底了。

浩晨拿出燒杯、漏斗、鐵線等材料並拿出一瓶伏特加開始進行酒精提煉，他帶著雅芸一起做，酒精在蠟燭點燃的情況下一滴滴的滴進燒杯，接著就是慢慢等待。

隨著蠟燭燃燒散發出柔和的光，雅芸心裡十分感慨，也想找機會向浩晨坦白，過去都是自己太有主見，認為身為一個大四生本就應該規劃未來的工作方向，而不是整天沉迷在學生時代玩樂的心態，總認為浩晨太過天真單純對未來出社會沒有危機意識，更別說要跟這種男生交往了。

如今看著浩晨忙碌的背影，為兩人的生活在努力，甚至在這緊張的大環境下願意冒著傳染的風險來找她並分享資源給她。若不是浩晨主動來找她，自己恐怕在家吃完所有公發補給品後就不知道該怎麼辦了。過去對浩晨愛理不理，讓他癡心守候，以當前的現狀回頭看，怎麼說自己實在有些過分，在疫情下能倖存到現在的人除了幸運外正是有危機意識，就算沒有疫情，浩晨可能也會是獨當一面的男人。

好在唯一做對的事就是跟浩晨在一起，不然可能就要錯過世界上最愛我的人了，雅芸如此想著，該是時候告訴浩晨過去自己的不對還有種種的偏見，跟他說聲抱歉了。

正準備叫他，浩晨忽然起身興奮的說：

「用好了！」

他拉著雅芸來看提煉出來的酒精，雅芸剛才沉澱的思緒瞬間不見，只好下次再找合適的時機說。

但說來也奇怪，浩晨說因為沒網路所以不會用管子蒐集吸油，腳踏車學不會怎麼修，於是乾脆破壞整排腳踏車柱，之後騎車壞一台就直接換一台，怎麼酒精就可以自學得這麼厲害？

浩晨從他的雜物裡翻出一本給小孩讀的童趣科學書刊，原來是從廢棄書局裡拿來的書，在書上學的。

忙了一整天，兩人重返頂樓，挑掉盆栽內剩餘爛掉的果實，看著好不容易培育的心血毀於一旦難免會有些沮喪，浩晨表示這些土壤得重新曬乾，休息幾天才能重新放上蔬菜跟綠豆種子，儘管在長效罐頭還充足的情況下仍無須擔心斷糧，但從營養均衡的角度，短時間內無法再吃到蔬果是蠻可惜的。

從高處往下看，發現水位下降不少，陽光重新籠罩城市，但兩人深知再過不久就要進入冬天，能多找到一天的物資就多一天的保障。

晚霞下，眼前的城市充滿死寂與破敗，兩位身著厚重的生化防護服對望彼此……要是能回到世界失序前，或許兩人就不會出現在這裡。

晚秋——

無情的秋颱離去，總算還給這座城市秋天應有的沉靜，十一月末，天氣已稍寒冷，每當缺什麼第一個就想到網購的習慣還沒改回來，好吧！只能出門自己找，往好處想現在的東西都免費的，先搶先贏，必須找些厚外套、蠟燭、木炭等可保暖的物品。

兩人扛著包包涉水前進，經過颱風肆虐，街道上的餓莩及感染者屍體飄在水面上，平時遊蕩的感染者也不見蹤影，大概是被風雨沖走或已成浮屍？這些浮屍臃腫，載浮載沉，尤其在積水的岸邊，屍體更是不分男女老少與斷掉的樹枝、漂浮的垃圾雜物堆疊在那裡，淤泥遍布死屍全身，難以分辨出他們生前的模樣。

浩晨心裡不禁擔憂阿偉該不會也在這次風災中罹難？

忽有感染者少年出現，雙手拍打著水面玩起水花，兩人小心翼翼往旁邊試圖繞過對方但還是被他看到，感染者少年傻笑著，興奮的向他們奔來，兩人見狀拔腿就跑，但因為水的阻力，三方移動都緩慢。

浩晨拉著雅芸躲在騎樓柱子後面想擺脫他，只見對方笨拙的朝柱子這走來，他又拉著雅芸繼續跑到另一根柱子，不料又有另一名感染者阿姨出現，緩緩涉水而來，形成包夾局面。

阿姨發出低沉的聲音引起感染者少年的注意，雅芸神情緊張不敢亂動，並從浩晨後背包拿出甩棍嚴陣以待，就算對方手無寸鐵，看起來人畜無害，可天曉得他們會做出什麼舉動？

就在兩位感染者互相朝彼此接近時，雅芸用眼神示意，抓緊時機兩人拔腿就跑，留下兩位傻笑互看的感染者……

經過一番波折總算來到地勢較高的區域，這裡道路沒有積水只有零星幾棵路樹倒塌，並發現在這商辦大樓林立的附近有間百貨公司，大門緊閉，從外面看去一樓服飾店無異狀，乾淨整潔。鑒於上次去百貨公司不好的經驗，浩晨望著百貨大門口有些猶豫，看著身旁大男孩擔憂的樣子，雅芸握起他的手點頭表示肯定，再冒險一次吧！

面對這些強化玻璃，浩晨拿起甩棍的鈍處打算從玻璃門最脆弱四角慢慢敲擊，但雅芸建議還是先繞一圈看是否有其他沒有鎖的入口。

幸運的是他們環繞整棟百貨一圈在一間精品店找到了入口，它的強化玻璃已被其他前人「貼心」的破壞，省去了浩晨的麻煩，當然店內模特兒頸部的珠寶跟玻璃櫃中的精品也都空蕩蕩的，不知道是被店家藏起還是被倖存者拿走。無論是哪種猜測，手上握這些珠寶的人恐怕也沒想過珠寶鑽石在這時候也會失去它被賦予的作用，一罐高純度的酒精大概就是現在珠寶的價值了吧！

順著店內連接百貨的門，緊急照明燈還亮著，剛好可提供些光線，雅芸找到通往百貨內部的通道。浩晨讓雅芸跟在自己身後，小心翼翼前進，意外發現內部依然保持疫情前的狀態，乾淨整潔，放眼望去皆是其他高檔飾品店且沒有被破壞，物件都還穿戴在假人身上，走道區也有賣化妝品的專櫃，外頭透進來的採光讓百貨公司感覺有一絲生機，就像往常早晨準備開店前的模樣，這讓兩人看了稍微放下戒備。後來想想百貨商城在疫情一開始就停止營業，的確後續不太會有感染者進來這裡，如果不考慮立委辦事處那些長效期罐頭，要選個藏身處還真想直接在這裡住下。

雅芸上前從保養品專櫃翻出些商品，有精華液跟面膜，促銷活動的人型立牌小姐露出可愛的微笑，彷彿是專櫃的小姐正在招呼客人般。浩晨則接近旁邊的服飾店，打量這些服飾，假人模特兒身上仍穿著夏季的短袖短褲或女生的短版上衣跟輕薄的連身裙。

「我從來沒想過我會買得起這些東西，我只有趁免運加特惠活動才會在網路上買。」雅芸拿著這些保養品看著商品介紹。

每件商品動輒兩三千元起跳，手上的精華液少少一百毫升就高達六千元！

「喜歡的話就帶走啊！」浩晨隨口說。

這些日子以侵占、破壞公物習慣的浩晨會這麼說完全不意外，就算他們搜刮物資有一段時間，但對於雅芸這樣守法的乖乖女孩來說，要直接帶走這麼昂貴的物品心裡還真有些過意不去。

「這樣不好吧？」

浩晨知道雅芸有些不習慣，他想了個方法，並將背包放下開始翻找。

「你在幹嘛？」

「妳等等。」

費盡一番功夫，包包裡的東西都被浩晨翻出來放地上，總算撈到他要的東西：

「找到了！」浩晨從包包裡拿出一張揉爛的百元鈔票。

他將百鈔放在專櫃桌上將鈔票的皺褶鋪平：「之前在包包裡一直忘了拿出來。」

雅芸大概知道浩晨拿出這百鈔是要幹嘛了。

「今天百貨封館大特賣，一百元吃到飽！」

這逗得雅芸開懷大笑：「你真的很白癡欸！」

浩晨依然不改幽默在逗雅芸開心，這下終於可以放心來搜刮這些奢侈品！要是現在沒有防護服，雅芸早就想照著櫃位上的鏡子試擦這些保養品。如果是學校那些姊妹們在，一定會把這裡當天堂，絕對會把紙箱中排列整齊的面膜盡情大把大把抓進包包裡，若不提醒還會忘記此行是來搜刮必要物資的。

浩晨返回服飾店面，深入它的儲藏室翻找，撈到幾件冬衣。他興奮的跟雅芸說這裡有我們要的物資。

還意猶未盡的雅芸放下手邊的搜刮品稍微回神，對齁，是來找冬衣的，眼前浩晨所拿的幾件衣服是義大利知名品牌，不過看浩晨的反應，想必他根本不知道手上拿的衣服是多麼的貴。

雅芸上前拉著浩晨來到店內長方型鏡子前將衣服放胸前比著：

「我覺得這件比較適合你。」

「有差嗎？到時候也是穿在防護服裡。」

「唉呀，你不懂，你知道你手上拿的這件就快兩萬塊。」

「啊？真假？不就衣服？保暖耐穿比較重要。」

「這系列很多明星都有代言，我滑手機常看到他們的廣告。」

浩晨聳聳肩一臉迷糊，好吧，男生不懂女生在意的點，等等換雅芸挑衣服問他哪件比較好看，他大概也會回答都很好看之類的答案吧？結尾可能會補一句「因為人長的太好看衣服的美就顯得不重要」這些老套的台詞。

忽有動靜，聽到發出物品摩擦的聲響，兩人停止手邊動作關掉手電筒。這明顯是有人來了，會是誰？倖存者？感染者？無論前者還是後者都不能掉以輕心。黑暗中出現一男一女，同樣穿著防護服。

男子小心的攙扶女子向雅芸他們走來，男子主動開口：

「拍謝喔，我老婆她有身孕，可不可以先讓我們選衣服，我們要比較寬鬆的。」

可以發現那名女子的防護衣腹部還有點凸出，她也主動開口：

「你們……有沒有東西可以吃？……我餓。」

「嘿對，我們能吃的東西不多了。」一旁男子略微示意她別說話。

眼見對方有難，浩晨將身上的零食跟幾罐長效罐頭交給對方，原先這些東西是要跟對方以物易物交換用的，他仍不吝嗇分享。

雅芸見她面孔，馬上想起這是疫情爆發之初在區公所被防疫人員領班抓的那位年輕孕媽。她不是感染 CSD.17 了嗎？照這時間她早就到第四期，怎還能這樣講話？雅芸曾試圖要救她，不過現在看孕婦的狀態恐怕就跟當時領班判斷的一樣，已經確診。

「我見過妳，在區公所，領防疫包的時候。」

孕媽滿臉疑惑，望著雅芸。

「有嗎？」孕婦眼神發亮，閃過回憶。

「只是她已經被感染了，我現場有看到她檢測沒過。」雅芸接著說，這讓浩晨緊張起來，對方男子表情也嚴肅起來。

「對……她確診了。」男子也不再掩飾，並承認。

雅芸跟著浩晨一路走來，第一次遇到仍處在第二期初、活生生的確診者。據過去經驗從第二期到第四期只需一個月的時間，而且她經過幾個月，病情似乎沒惡化?!

男子嘆口氣已放棄掩飾病情的念頭：「我那時候人不在台北，我同事確診所以我被匡列不能亂跑趕不及回台北，家裡只有我老婆帶小孩，然後等我回家才知道她被抓去隔離所……」

「等等，那你老婆又是怎麼出來的？」雅芸好奇的問。

「我後來混進去救她的，在八里！」

雅芸又試探性的問：「那麼八里那邊現在怎麼樣？是不是政府給他們什麼藥……然後都已經不存在了？」

「對，我操！他們真是混蛋！那裡埋了很多人，一批一批的餵藥，一批一批的埋，簡直就是大屠殺啊！PCR 驗出來後全部送去滅絕，小孩也一樣，我也救不了我小孩……」講著講著，男子相當激動。

這答案對雅芸來說，是一個無法避免又悲傷的答案。

按照該名男子的說法，他以前的工作是當保全，為了救老婆，他透過關係偽裝成警察混進去，放他進去的內應說起初隔離所一切都還好，還會區分等級隔離人群，後面被隔離的人越來越多，每天都增加幾萬人，隔離區內也有人嘗試逃跑，越來越難管理，相當混亂。到最後只要PCR確診並確認是第二期以上就會在患者不知情的情況被安樂死，只有第一期的患者會發送膽鹼酯酶抑制劑，之後就任憑他們自生自滅。該名孕婦已經第二期，在最後關頭被男子救下，現在給他老婆吃膽鹼酯酶抑制膠囊來延緩CSD.17病症。

雅芸心裡跟著難過，安樂死方案印證了浩晨之前的猜想，但在失去孩子的父母前，失去家人的她有什麼資格比他們更難過呢……當時抱在孕媽手上的幼兒大概也凶多吉少了。

「我們遇過其他沒確診的人，他們沒有一個人願意收留我們……現在沒有電力，就算有醫生願意幫我們檢查胎兒的狀況，連檢查的儀器都沒辦法用……我們真的不知道該怎麼辦？」男子態度一改之前的激動，委屈的訴說著。

雅芸將浩晨拉到一旁，對方也留給他們空間討論。

「我們應該要幫他們。」雅芸動了惻隱之心，這樣建議浩晨。

「怎麼幫？那女的已經確診，男的不知道有沒有中標，跟他們住一起我們都有危險。」浩晨表示抗拒。

「我們糧食還夠。」

「加上他們我們糧食就少一半。」

「少一半就一半，她肚子裡還有孩子耶！」

浩晨看到雅芸語氣堅定，陷入深思。現在遇到一般人都不見得想有太多交集，更何況是CSD.17的患者，但既然遇到了總不能見死不救，況且對方現在真的需要幫助，要拒絕他們真的會過意不去。

儘管有些不願，但看在雅芸的份上浩晨還是接受了：「好吧，就聽妳的，隔壁有幾個空的辦公室，那裡有空間可以給他們住。」

回去的路上雙方兩人刻意保持一段距離怕被傳染，途中男子問他們存糧能夠撐多久？浩晨不敢聲張自己有足夠的長效罐頭，甚至頂樓有植栽這件事也不說，只告訴他保守估計四人共生的話大概只能撐一個月，整個台北市的補給品都被搜刮得差不多，看樣子現存物資蠻吃緊的。

「我們住五股那邊，那區已經沒有存糧，三重、蘆洲、新莊都一樣，就算還有存糧，一個颱風來，存在賣場地下室的也被淹掉了，媽的！」

男子雖主動攀談試圖拉近心理上的距離，但浩晨仍對他們抱有戒心。起初只是出於好意，現在多兩位陌生人還包含一位病患，感覺格格不入，尤其那名男子講話氣場重，另兩人有些不習慣。

「只是，你老婆為什麼被感染了沒像其他人記憶力衰退？還停在第二期？」雅芸回頭問了下男子。

「喔！我有給她吃膽鹼酯酶抑制劑，每天都要吃，我從隔離所拿了一些，且我聽裡面的人說孕婦的體質會分泌什麼東西可以延緩症狀。對了，你們那邊有沒有剩的？我們很需要。」

雅芸轉過身沒再回應，看來這男的很會要東西。

終於抵達藏身處那棟大樓，男子震撼了下：

「哇！你們住這喔？這裡是商辦大樓欸！我以前就在這種地方上班！」

浩晨沒多說什麼，只是將他們帶到隔壁棟棄置的辦公室，裡面基本上還保留疫情前的模樣沒被動過，這是浩晨第一次來這時探勘的其中一處。

既然人都帶來了，只能好人做到底，兩人返回原藏身處為他們準備水桶、酒精瓶跟毛毯準備遞去隔壁，面對感染者難免會緊張，也不確定對方會不會遵守生活規定，尤其是看該名男子的態度，似乎未來相處會有些難配合之處。

「以後我們要更留意一下，別讓他們摸上來我們這裡，尤其我們外出的時候門更要記得鎖。」浩晨邊收拾東西邊說著。

「好，那我們要讓那個男的加入我們嗎？就是去外面搜尋物資。」

「我想不太可能，他有老婆要顧，而且我不確定他長期跟他老婆在一起有沒有被感染。」

雅芸這下子才想到事情不太妙，現在等於多了兩個成員，其中一位又是孕婦，物資消耗會是原先兩倍，搜刮物資的任務還是她跟浩晨兩人，難怪浩晨剛剛不怎麼願意伸出援手，都怪自己沒考慮周到……

帶著不確定的心，他們走到夫妻倆的房間門口，卻無意間聽到男子跟老婆小聲的對話：

「發哥說很多罐頭都沒發出去，都被私吞了，在這個立委辦事處，那弟弟一次就拿四個給我！是政府發的那種，平常遇到其他人連一罐都不給！」

「你真要這樣？」孕媽有些緊張，小聲的說。

「我們又不是第一次殺人了！」

浩晨聽到關鍵詞停下腳步，同時雅芸也愣住。

殺人？那個男子殺過人？

「你可以趕走他們啊……」孕媽並不贊同丈夫去傷害那兩位好心的孩子。

「趕走他們？萬一他們回來報仇呢?!」

孕媽這時緘默了。

「如果能有這些罐頭物資，那這值得試試，再說也是為我們的孩子啊，我們都失去一個了，妳還想失去第二個嗎？」

「不想……」孕媽顫抖的說著。

「那個弟弟說存糧四人可以吃一個月，如果只有我們兩個，那問題就少一點不是嗎？」

浩晨小心探頭，發現他們身邊有把手槍，孕婦已脫掉防護衣在撫摸自己的大肚子。

「等天一暗我就去隔壁把他們處理掉！」這句話多麼有殺氣，躲在一旁的兩人聽聞心裡早已嚇壞，準備離開。「我會先過去假裝跟他們問東西，妳就先留在這裡。」

浩晨放下手中物品，用手示意安靜，拉著雅芸放慢腳步，躡手躡腳向外移動。

「誰在那裡！」孕媽剛好走出來。

很不幸的，被對方發現了！

「我們拿了些東西來給你們。」浩晨眼角餘光看到男子將槍上膛，趕緊拉雅芸向後跑。

「快走！」浩晨大喊著！

雅芸驚恐的來不及尖叫，雙腿就已在跑動。

男子追出來朝兩人開槍，如鞭炮般的轟了兩聲！子彈打在他們想逃跑的路徑上，浩晨見男子走出房門繼續射擊，憑熟悉環境的優勢拉著雅芸迂迴躲進一個隔間並上鎖。

兩人緊張的喘息，不知道該怎麼辦，氣氛變得緊張。雅芸心底只想著，完了，怎麼會變成這樣？沒有被病毒弄死，現在要被子彈打死?!

裡面只有陽光略微照明，男子追上來又朝門鎖開兩槍，雅芸見這儲藏室貨架還有空間，指著上方的唯一出路，他們爬上貨架翻過隔間，視野內看見男子持槍在後方正搜索著他們的蹤跡。

「小朋友，快出來喔！」

像玩捉迷藏，男子對獵物虎視眈眈，兩人不敢亂動，對方手上有槍，就算二打一要贏的機會實在不大。男子不停用手扭動被子彈打凹的門鎖，結構變形反而變成一道阻力，他不想再浪費子彈在門鎖上，就把手槍放一旁徒手拉扯，渾然不知浩晨已繞到他身後，待男子一腳把門踹開的當下，浩晨見手槍不在男子身上，立刻一躍而上搶下手槍。

男子回頭見手槍被搶，滿臉緊張不敢亂動，隔著防護衣的塑膠膜還能看到他喘息呼出的水蒸氣。

場面被浩晨控制，男子似乎想辯解什麼，孕媽突然從後方將浩晨撲倒。兩人陷入扭打，但孕媽不敵浩晨反被壓在地面，她唯一能做的攻擊就是將浩晨手部的防護衣拉鏈解開，狠狠的咬下去！

浩晨疼痛的不小心把手槍滑落一旁，男子想趁機去撿，雅芸捷足先登拿到手槍並指向男子眉心，男子與雅芸雙目對視，他愣住不敢亂動。豈料孕媽跟浩晨的纏鬥撞到雅芸身子，手不小心滑動板機，轟！一顆子彈正中他眉心……

雅芸意識到這款是警用手槍，聽堂哥在警專的同學說過，這槍相當輕盈，設計上沒安全保險裝置，曾有員警在槍械室清槍誤擊被記大過。

男子雙眼空洞的倒下，流出一攤鮮紅如染料的血，雅芸嚇壞了！孕媽見丈夫死去更加瘋狂，嘶吼著用盡各種方法想攻擊浩晨！

「你們這些惡魔，去死！」

孕媽抓狂喊著，用手亂抓浩晨，不顧有孕在身又抓起地上雜物當武器，帶著恨意，她挺著身子甩動著大肚子就向這裡衝過來，浩晨一個閃避她就衝過頭摔下樓梯，一陣翻滾後脖子當場扭斷！她也沒了呼吸，死不瞑目……

雅芸不停喘息，看著眼前的屍體，無法相信自己竟然親手殺死人。現場兩屍三命，這可是殺死一家人啊！

「我們殺人啦！還殺死一個媽媽……怎麼會……」

浩晨連忙安撫她：「冷靜點，我們不這樣做，死的就是我們了。」

拿起消毒水，浩晨拼命幫自己傷口消毒，好在沒有流血，要是染上 CSD.1.7 就不妙了！

一切來的太突然，剛剛還在講話的人現在已成了屍體，對這對夫妻來說，這世界的苦難已經結束了。

兩人內心自責，尤其雅芸後悔自己一番好意卻惹出這種結果，上前將孕媽還有男子的眼給闔上，他們將屍體放在附近其他大樓的地下室，也許這是對他們最好的處理方式。

世道不如以往，大家都是為了生存。歷經殺人事件，兩人低潮一陣子才重新振作，只是……浩晨對雅芸似乎有別的想法。

天選之人——

浩晨跟雅芸曾有幾度想出遠門釣魚，但就算勉強找到交通工具去，油料也很難取得，最後只好作罷。騎單車去是沒這問題，但這時間成本又太多，就算釣了魚回來恐怕肚子消耗的糧食比收穫還多。

手上的物資實在有限，只要守住這個藏身處應該可以度過這冬天，希望再也不要有人在這附近出現來打擾他們。

顧不上這罐頭有多膩，這已是現在最好吃的東西，最近外出到附近服飾店挑了些冬裝，但衣服再怎漂亮外頭仍得穿上充滿汙垢的防護衣。外面的世界變得更加安靜，上個月偶爾會聽到遠處的機車引擎聲，現在只剩鳥叫聲，其他倖存者的蹤影也越來越少，上次颱風淹水後市區裡的物資又更難找了，可能因為這樣其他人已經移往他處，就連雜貨店阿姨那夥人也離開了，沒留下任何線索。

浩晨仍堅持穿上防護衣不鬆懈，曾有幾度雅芸想要浩晨脫去防護衣，讓兩人可以真正的擁抱，或是想躺在他身邊一起閱讀書店拿來的書、一起做數獨，讓彼此都能零距離，但浩晨都拒絕了。

「我上樓了！」浩晨提著水桶，拿著雅芸從家裡拿的望遠鏡到樓上。

「好！別待太久，外面天氣越來越冷。」雅芸正在梳頭，她提醒浩晨。

最近浩晨的態度有些反常，總獨自在頂樓，表面上是觀察周圍動靜跟整理植栽，但卻發現他手上的望遠鏡不曾拿起來過，土壤也不曾翻動，有時浩晨也對雅芸有些不上心，總專注在做自己的事，要是在以前上網發文問，網友一定會說他變心、出軌之類的。

雅芸將這份煩惱藏在心底，不明所以又無可奈何，這是因為他還在意雅芸的魯莽導致最後雙屍三命的悲劇嗎？

早上醒來發現浩晨不見了，這讓雅芸內心十分慌張。不一會兒浩晨提了幾袋東西回來，然後徹底噴酒精消毒。

「欸！去哪？不是說都要一起行動嗎?!」

「我去隔壁，上次那夫妻留在那裡的東西，我去看有沒有什麼可以用的。」

雅芸翻了下袋子，有三排手槍彈夾、塑膠袋、電池、收音機等物品，底層塞著孕媽在吃的藥，還有大量的膽鹼酯酶抑制劑。

「那些子彈的火藥我們可以拿出來點火，冬天很需要。」

浩晨繼續忙，將電池裝上收音機測試下，看來電還足夠，就在這時收音機似乎有訊號斷斷續續：「妳聽！有聲音！」

他把頻率調對，收到一段重複的英文廣播還有一組序號，兩人在腦海挖出高中英文聽力測驗的功力試著了解內容，但雜訊太多完全聽不懂，接著又傳來中文廣播：

「……台灣地區的民眾……聯合國……協助……疫苗，十二月二號抵達，上述民眾將可前往避難所……」話還沒說完就斷訊，再怎麼調整也只剩雜訊。

「我剛剛沒聽錯吧？疫苗？避難所？」雅芸睜大眼睛，不敢相信自己所聽見的。

「對，疫苗！還有避難所！」

「現在聯合國還存在?!」

「他說上網查詢什麼的？還有十二月二號抵達什麼？剛剛英文版我好像聽到 Port，是船嗎？」

「Port 也可能是機場？」

浩晨立刻想起老闆娘曾說過，有聽說國外有些地方沒被 CSD.17 攻陷，這麼強的傳染力世界上還有地方沒淪陷真是奇蹟，起初抱持懷疑，看來這是真的。

所幸在英文版的廣播裡，他們有聽到一串號碼跟一組電話號碼，浩晨從辦公桌抽屜拿出紙筆，記下一連串數字：25.154,121.755跟電話號碼，接著他突然拍了下桌子自信表示這些數字就是經緯度：「北迴歸線是二十三．五，這個二十五那就是北台灣！」

只是浩晨轉了身，無奈表示這年代怎麼會有經緯度實體地圖可查，這麼精確的座標，外面一般實體地圖可沒畫到這麼精細。雅芸馬上到包包裡翻找拿出手機。

「妳手機不是沒電了？」

「我妹，我想起來了，她還有一顆行動電源放房間，是很久沒用了，可能還有電，可以試試看！」

剛剛提到日期，雅芸聯想到雅真的桌曆上的支撐三角縫隙中有擺一顆小型的行動電源，用來接小電扇或燙捲棒的。

十二月二日，兩人已經過到不知確切日期，只大概知道現在約十一月底或十二月初，的確需要電子產品來校正。

浩晨決定現在出發，事不宜遲。

市區路面已破敗不堪，落葉跟雜草到處叢生，天空難得露出溫暖的陽光。幸好還有不怕泡水的交通工具：腳踏車，兩人牽起它上路。

沿著熟悉的路線，再次回到雅芸老家，自從跟浩晨走後就沒回來過這裡。

窗戶離開時沒關緊，經颱風這樣吹，雨水穿過紗窗打了進來，隨處可見從紗窗隨雨水落下的灰塵汙漬沾滿了地面還有鄰窗的家具，跟家人的記憶還停留在放榜日，一家人還在這裡生活的時候……

「妳說的行動電源放哪裡？」

雅芸思緒被浩晨給拉回，她來到房間找到桌曆，果然發現一顆小型的行動電源，趕緊拿出手機給它接上！看著手機螢幕再次亮起顯示開機畫面，兩人屏息以待，彷彿人類文明從農業時代進化到資訊時代。

還來不及高興，就見行動電源只剩最後一格電，雅芸打開網路仍顯示無網際網路。

「先不要撥電話，電話很耗電，先打開地圖，它有離線模式應該會有經緯度。」

雅芸二話不說點開手機地圖，載入時間特別久，他們知道光這幾秒的時間就耗掉不少為數不多的電力，每開啟一個 APP 都會耗掉電力。時間一秒一秒過去，只見 APP 仍在載入，終於在十秒後顯示地圖，浩晨接過手機不停用拇指與食指放大尋找 25.154,121.755，座標顯示是基隆港！沒過一會螢幕變黑，手機自動關機。

「啊！」浩晨嘔了聲：「我們還沒看今天的日期！」

「我有看到，今天是十二月一號，我手機左上角有日期。」

「妳確定？」

「沒有錯的！」

「就是明天，難道明天會到基隆港？聯合國的船？」浩晨喃喃自語的開始猜測。

現在有了地點跟日期，現在只剩確切幾點鐘。

趁著浩晨離開房間，雅芸打開自己抽屜不停在紙堆中翻找，最後翻出一個牛皮紙袋。她悄悄的放入背包，沒讓浩晨發現。這裡面裝了十分重要的東西，那就是男友送她的第一份生日禮物：素描畫像。

不一會浩晨提醒要儘快回去藏身處，因為不知道廣播上的十二月二日是幾點鐘，他打算今天太陽下山就出發前往基隆港等待，要攜帶睡袋、一些口糧，且騎單車前往那裡需要些時間。

他擺出得意的笑容。

「哼哼，我就知道我們可以的，病毒幾個月內把我們的世界瓦解，我們人類幾個月內就可以找出方法！」浩晨激動的說。

這幾個月來，隨著中央政府的瓦解，不曾聽過有什麼組織可以有效對抗疫情，現在有國際組織要抵達台灣發送疫苗，過去幾個月了，疫情終於出現曙光！

雅芸離開前，特別再望了家裡一眼，家人都已不在，不禁感慨往日的家庭時光只剩回憶，但她在心中告訴家人，她會好好的活下去。

他們返回藏身處後開始整理行李，他們猜測著避難所是什麼樣子，應是一艘船又不知是哪種船，那裡能否脫防護服？怎麼不派飛機或直升機來非要用船接送？或許這世上也沒什麼人懂開飛機了，船相對安全點。

匆匆收拾好東西就出發上路，避開泥濘的平面道路，他們將腳踏車牽上高速公路。

這天浩晨心情特別好，雅芸覺得浩晨前幾天說不出的反常舉動，在今天並沒有展現出來，反而就像恢復平常一樣。

「妳有看過這樣上國道的嗎，我跟妳說！我以前就想把機車騎上國道，結果機車沒騎成，腳踏車卻騎上去了！」

看著浩晨重拾活力，雅芸更加充滿信心，他們盡情在高速公路上奔馳，向目的地前進。

不知騎了多久，腳有點酸，雅芸這才想起醫生曾建議別騎太遠路程的單車，好在雅芸的骨盆已經恢復，不然又會像剛出院那樣痛了。兩人順利抵達基隆港，周圍有因海水倒灌沖上岸的小型船隻，街道的破敗程度經過颱風洗禮後也跟台北的景象差不多。

來到港邊充滿貨櫃的碼頭，這裡荒涼毫無人煙，耳邊傳來陣陣海浪拍打聲，不遠處是基隆港務局，或許可以找到什麼東西。

入內後，兩人分別撬開各間辦公室，趁太陽還沒下山前仰賴日光來尋找他們要的東西。

夕陽餘光從窗外照射進來，兩人拿出自己包內裡的東西，雅芸隨後將酒精噴霧拿出替周圍環境消毒，浩晨則拿出收音機想接收消息。雅芸望向擺在桌上的衛星電話並拾起檢查，還有電，浩晨隨即拿起抄下的電話號碼撥打，電話果然撥通，對方是外國人。浩晨試圖用英文溝通但對方似乎聽不懂，一陣混亂後對方終於換上會講中文的人。

「喂，你好。」浩晨緊張的打招呼。

「是台灣人嗎？」後面伴隨著無線電的干擾聲。

「是是是。」

「我們是聯合國遠東艦隊，請問是一般民眾還是政府組織？」

「我們是一般民眾。」

「你們那裡有十五歲到二十五歲的倖存者嗎？」

「我們就是。」

「那請您於二日早上八點整前往基隆港報到，你們到時候就會看到我們了！請攜帶身分證或到時候報身分證字號即可。」雅芸對了下手錶上的時刻，距離指定的時間還有十三小時。

「請問是施打CSD疫苗嗎？」

對方靜默了下：「疫苗？我們沒有疫苗。我們需要自願者跟我們前往國際避難所，協助我們找到抗體，我們才可能會有疫苗，必須是十五歲到二十五歲沒有確診CSD病毒的人，那裡會有妥善資源照顧。」

兩人面面相覷，看來根本還沒研發出疫苗，之前聽到「疫苗」兩個字原來是要「協助研發」疫苗並非「開發出」疫苗了。

浩晨又接著問：「那想請問一下，國際避難所在哪？」

「這無法告知，請見諒。」

鑒於之前中央政府的滅絕行動，這次又有神祕兮兮的組織要抵達台灣，不免讓人有些戒心。但對方是有條件只收留十五歲到二十五歲的人，應該不至於是什麼壞事？

至於國際避難所，若真有那地方，代表人類還有救，若能抵達那或許就能解決眼前的生存問題。

晚上在這裡找了幾張沙發，跟在藏身處一樣拼一下就準備睡了。令雅芸意外的是，浩晨拼了獨立兩張沙發，並沒有要一起。

「欸，會不會病毒已經沒有傳播力了？都過了這麼久。」

聽到雅芸的提問，浩晨沒回答，只是若有所思。

「我在想，搞不好現在病毒沒傳染力可能也用不著穿防護衣了吧？」

「我還是覺得穿著比較保險。」

雅芸悻悻然坐上沙發，浩晨似乎失去剛剛的熱血，感覺有煩惱。

「你是不是哪裡不舒服？」

浩晨回過神：「啊，沒有啦，我太久沒騎這麼遠的距離，腳有點酸。」說完順勢打了哈欠。

「腿過來。」雅芸起身來到浩晨身邊。

「什麼？」

「幫你按摩啊。」

「不用啦！」浩晨有些哭笑不得的說著，然後翻過身背對雅芸。

這傢伙到底搞什麼鬼？那種猜疑感又回來了，上次雅芸擅自收留孕媽及其丈夫釀成悲劇後，浩晨的態度就對她有所轉變，時常以各種理由減少跟她相處的機會，莫非浩晨對雅芸不再信任？但想想又好像哪裡不對。不過現在並不是了解真相的時候，這疑問留給以後吧。

天還沒亮，雅芸睡眼惺忪的起床，看向海平面出現幾艘船隻的影子，靠近碼頭的位置也已有小型船隻靠岸，並有人員伴隨部分武裝人員登岸。岸上已有一支小分隊登陸建立據點搭好各種帳篷，碼頭上聯合國（UN）人員陸續乘坐小艇登岸並設立路障圍欄，四周有著戴藍色頭盔的武裝步兵戒備。最後，一艘軍用登陸艦停泊在碼頭，又下來了幾輛卡車，還有軍隊來保護該處，那些UN人員同樣也都身穿防護衣，罩住全身。

她見狀連忙將浩晨搖醒，仔細看海上的船隻，郵輪、戰艦等，天上還傳來陣陣螺旋槳的聲音，已經很久沒看到人類使用飛行器了，是直升機！

港口多了幾十輛家用車，都是聽到廣播前來的民眾，有些人穿防護衣、有些人只戴口罩或配件不整的防護裝備，朝同一個方向前進。

各路來的民眾不分長幼擠在臨時架的圍欄外圍，這是幾個月以來首次見到這麼多人聚集的場合，過去大家保持的社交距離、避免接觸，這些防疫規則被拋到九霄雲外，他們想必也是同樣都是聽到消息趕來這裡的。

在人群剛聚集時，雅芸跟浩晨算是最初抵達的一批，但後面的民眾陸續趕來，不斷的推擠使兩人被困在人群中動彈不得，大家絲毫不畏懼可能被傳染，拚命的想往前擠。

UN人員正試圖溝通，要民眾排隊。一位洋人軍官不斷安撫大家，拿著擴音器用英文說著不要推擠、請散開，後方也有幾名士兵拿出催淚瓦斯槍跟盾牌嚴陣以待。

從那些民眾的交談中得知，關於國際避難所這傳聞一直都有，如今世界上真有地方是沒有被 CSD.1.7 病毒威脅的，大家當然會想去。

一台軍用卡車緩緩開過來，車頂上頭放了幾顆擴音喇叭，大聲的用中文宣導保持秩序、維持社交距離，這才壓過民眾的喧鬧，場面逐漸控制。

這時一位華人面孔的 UN 人員站上車頂用中文跟大家說，國際避難所資源有限，無法容納所有的倖存者，全球尚未染疫的專家已經不多，幾乎無法推動疫苗的研製，因此只有十五歲到二十五歲有登記的志願者才能報到，並表明此行目的是為了要找出對抗病毒的抗體並非救援任務。

在場的年輕人紛紛離開他們的親友，從人群中走出，他們的家人也希望自己的孩子可以到安全的地方。

「有登記的往左走，沒登記過的往右走，特殊邀請身分往中間走。」一位 UN 人員手持大聲公在車頂指揮，大家有秩序的排隊，上次見到大家排隊已經是失序前做 PCR 或領公發補給品的時候了。

在不遠處，另一位 UN 人員在前方用電腦核對身分，並要求在核對時把防護服面罩摘下，仔細往裡面看似乎還有很多關卡，兩人心想昨天打通的衛星電話或許就算是預約了？浩晨索性拉著雅芸排入左邊的隊伍。第一關只是核對身分，問些簡單的基本資料，也有些資格不符就被趕去右邊的隊伍，第二關就在不遠處臨時搭建的帳棚進行。中間的隊伍出現一些中年人民眾同樣也符合資格，聽旁人說他們是國內頂尖份子，只不過屈指可數，主要是還沒染疫的頂尖份子且還要能聽到廣播來基隆港集合的本來就不多。至於右邊的則是現場報名的年輕人，身上可能缺乏證明文件，蠻多人資格不符被請了回去，輪到他們倆的時候特別緊張。

眼前的UN人員是華人，看起來像台灣人，對方輸入他們報的身分證字號後，滿臉疑惑搖搖頭表示沒登記，還好另一位UN人員指了下電腦螢幕稍微說了幾句話，看起來是在說他們用電話登記報名的，然後UN人員便放行。

圍欄外不時傳來其他民眾的喧鬧聲，有父母流著淚將沒有任何防護裝備的嬰兒舉高要UN人員接下，但對方一再揮手拒絕，最多就是拋幾樣物品給他們。其他民眾見狀又爭先恐後去搶，在嬰兒的哭鬧聲中，大家不顧傳染的危險開始在地上撿拾剛剛拋來的罐頭跟真空食物。

同時，坐在管制門口的查驗官看了下雅芸他們的身分證，稍微確認下就放行，沒多久他們便隨其他少年少女們被引領至帳篷內，前篷進，後蓬出，一次一人在裡頭單獨問話，雅芸首先被帶進去。

帳篷內十分安靜，只有兩名洋人，在這裡不需要想著該怎麼用英文溝通，他們默默的直接播映投影幕上的數學題 5＋4＝？或 7×8＝？之類的問題，雅芸謹慎回答，不一會就從後篷出去，下一位浩晨也是如此。現在還是用這種老方法來檢驗是否染疫？

兩人來到外頭吵雜的碼頭，幾輛軍用卡車駛入，UN 人員指示要他們全上車。隨後車上的 UN 人員開始伸手協助這些孩子們踩上踏板坐進卡車後方，無論這些孩子的防疫護具有多麼參差不齊，他們都擠在一起，雅芸、浩晨倆也跟其他年輕人一起坐上卡車。

搖晃的車上因大家身著防護服，又帶著自己的隨身物品，顯得十分擁擠。卡車行經的沿途有 UN 人員戒備，在破敗的街道路口也都有外國士兵站崗指揮交通，這感覺就像是剛打完仗被外國人占領的樣子，很難想像他們才剛登岸，感覺已經在這裡駐紮了很久。

卡車車隊行駛沒多久便抵達目的地，是位在山坡上的一所學校，要走到校門口還得經過長條樓梯，一夥人浩浩蕩蕩進入校園後發現裡面已被 UN 人員占領，正著手建立臨時基地，還有一架直升機正從操場起飛，現場一些跟 UN 合作的台灣本地單位正指引眾人穿越操場向校舍移動。看來 UN 登陸基隆港的行動已經跟本地官方或非官方組織接頭，整個過程十分縝密跟流暢。

直升機升起，操場上揚起陣陣沙塵，強風打在大家的防護衣上。

「快點！加快腳步！」台灣本地單位的其中一人說著。

抵達校舍後，他們發現這裡的走廊、洗手台一切都很矮小，看來這原本是一所小學，各教室的後方還有原本班級學生的美勞作品或班級比賽的敘獎旗。教室內，這些高大的老外坐在小學生的迷你課椅上，看起來相當突兀，UN 人員他們拿課桌當辦公桌來做事。

面對周圍不確定的環境，浩晨緊握著雅芸的手被帶到其中一間教室內，看到前面的年輕人被分別帶離，浩晨試圖解釋他們倆是一起的，但對方沒給他機會只是用英文說著：「動作快、動作快。」

浩晨不敢多做什麼要求只能摸摸鼻子配合，雅芸有些不安，心裡不太想離開浩晨，不過他用眼神示意雅芸，一切都沒問題的！就像給她一個小小的定心丸，兩人被帶離到不同教室。

雅芸被要求脫下防護服，而一旁的消毒噴霧已經準備好，一陣涼涼的水氣迎面而來。習慣待在防護服內的雅芸已經很久沒有這樣的感受，接著對方配發 N95 口罩給她，要她入座，其他年紀差不多的年輕人也零星被安排在教室各角落的座位，彼此都隔很開，大概是有按年齡分班？教室、課桌椅，這感覺就像考學測一樣。

先是有專人來雅芸座位做 PCR，又來一位檢疫人員先是給她抽血再來採集口腔細胞，大概又是要拿去快篩了吧？

沒多久拿到一台平板，上頭有著各種數學題目還有倒數計時器，只是這次測驗比以往WHO的簡易版還久，時間長達一小時，跟學生時代考試沒兩樣。沒想到畢業考完國考後還會在學校的教室裡考試，而且還在這種迷你課桌椅上作答，感覺真有些奇妙。

監考人員全程沒說任何一句話，畢竟都是外國人，語言也不通。

目光回到螢幕上，裡面是一些二元一次方程式的試題，這段日子每天數學都做習慣了，這種程度的數學難不倒她！

此時外頭隱約聽到狗叫聲，不久UN人員人手牽一隻中型犬，各品種都有，從教室門外經過，不說還以為是什麼流浪狗之家的工作人員，這些狗每隻都很有精神，讓嚴肅的氣氛放鬆了些。離奇的是，作答到一半，外頭的UN人員竟然把狗給牽進來，每隻狗就像已經知道目標一樣自動去聞在場考生的身體！

「請繼續作答！」一位台灣單位的人進來告訴大家別被狗影響。

有幾次狗鼻聞到腳踝處有些癢，雅芸在口罩的掩護下默默的笑著。

難道這也是測試的一種嗎？測試會不會分心？

一隻聞完就算了，接著第二隻、第三隻……大概有七隻狗都聞了大家一遍。

作答時間到，平板馬上顯示分數亮起綠燈，只見對方人員滿意點頭。

一位穿著軍官制服的 UN 人員進來用英文嘮叨，大概是講說時間不多了，等等請加快腳步我們準備出發去登船，並將雅芸還有其他年輕人帶出教室，外頭部分年輕人同樣被帶出來，拿起自己的行李並換上全新一套亮紅色的防護服。

可仍不見浩晨蹤影，雅芸心裡開始著急。最後他終於現身在另一個隊伍裡，被其他 UN 人員往反方向帶離。該隊伍的年輕人換回自己的衣物，這看起來像是淘汰隊伍，雅芸不明白，急忙向一旁的 UN 軍官詢問，但對方沒人理會，那個看似有主導權的軍官或許可以問出答案，英文再破也得試試。

「不好意思，那個人是跟我一起的……」

軍官向浩晨看去，搖搖頭：「很遺憾，他被感染了。」

接著軍官指向剛剛採集口腔檢體的教室，又指向那些剛剛測驗時候出現的狗，雅芸頓時明白，剛剛除了測試智力外，還有 PCR、口腔檢體及狗的嗅覺三個病毒測試，多重驗證是否染疫。

就在剛才，浩晨作答到一半，狗的出現其實他自己心中就有了答案。以前就曾聽說狗可以透過訓練聞出感染者甚至是無症狀感染者，沒想到這招效果比做 PCR 還有其他檢測還快，當狗在他座位徘徊甚至是吠的時候答案就已揭曉。

軍官沒給她機會問細節，只是繼續把她往卡車那邊推，她赫然想起就是那次浩晨被孕媽咬的那口！

「浩晨！」

聽到心上人的呼喊，浩晨心裡滿是糾結，轉過身來只是擺出一張笑臉然後向她揮手，故作堅強想透過表情告訴她：我很好，沒事的。

原來自從被孕媽咬到後浩晨心裡就有底，自己免不了這結果，於是背著雅芸吃孕婦攜帶的膽鹼酯酶抑制劑來延緩病症……莫非最近浩晨對她冷淡就是這原因？浩晨知道自己可能被感染才選擇遠離她？

浩晨並不想離開雅芸，可他能怎麼辦？只好將這祕密隱藏，繼續躲到頂樓，離她遠一點，除了防疫或許也能降低情感連結，他實在不想成為雅芸的負擔，若變成失智那樣會多麼丟臉可笑……現在被驗出，只能默默接受這結果。

一位 UN 士兵用英語向雅芸問著：「妳要留下，還是跟我們走？」用手比畫指著浩晨又指著卡車隊伍。

浩晨回頭看，知道 UN 士兵在問什麼，他停下腳步做出手勢向前擺動揮舞，作勢要雅芸離開。

看著浩晨，雅芸心中感到刺痛，她曾想到說若自己被感染還是叫浩晨遠離自己比較好……那晚睡眼惺忪間似乎聽到浩晨回答他不會離開自己的。

在雅芸心中，她也不會離開浩晨的。

沒想到這天還是來了，此刻她必須做出決定。

浩晨仍在用堅定的眼神要求雅芸離開這裡，趕快離開台灣。

UN人員呼喊著趕緊上車，浩晨的身影被帶離得越來越遠，她必須做個抉擇。

「如果是浩晨會怎麼做？」

雅芸心中第一個想到就是這個問題，來問自己。

浩晨感性上會陪雅芸留下，理性上一定會這樣嗎？

她閉起雙眼深吸了口氣。

雅芸走向卡車車隊並坐上車，浩晨也知道了雅芸的答案。

UN士兵拍了拍引擎蓋示意出發，隨著卡車發動聲響起，雅芸凝視著浩晨，這刻時間就像凝結般……這幾個月兩人的這段回憶、感情在此畫下句點。

這一別大概是這輩子最後一別，染上CSD.1.7就等同給患者宣判了死刑。浩晨滿臉笑容，向卡車揮著手，送別雅芸。

在這悲痛的離別中，唯一使浩晨感到開心的是雅芸可以到避難所，且不必再擔心自己會傳染給她，浩晨選擇把唯一的開心在最後時刻展現給雅芸看，讓她能放心去避難所……

被選中的年輕倖存者們慢慢登上軍艦，紅色的防護服從遠看分不清楚誰是誰，最後一批人員將帳篷拆除搬回船上，UN的車輛就像事前計畫好的那樣井然有序的開上船，這隻船隊停留沒幾小時就啟航離開。岸上的民眾看著大船緩緩駛離，向自己的家人招著手，而浩晨獨自爬上一個貨櫃，站在那裡望著船上穿著紅衣防護服的人們，他知道愛人就在他們其中。此刻在船艙的雅芸明白，在失去家人後，現在一路陪伴她度過風雨的人也將失去，看著岸上民眾的身影越來越小直到視線被岸邊的建築所擋住消失，只剩遠處的山脈還能告訴她故鄉在哪裡，不捨的情緒湧上心頭，一切都將結束。

浩晨拉下防護服拉鍊，脫去防護服，默默走向昨晚他們待的港務局。走進辦公室，昨晚生活的痕跡還在，看著桌上的衛星電話、收音機這些隨身物品，就好像雅芸還在他身旁。若膽鹼酯酶抑制劑吃完，自己大概也就離失智不遠了，自己會變怎麼樣還真不知道……

沒了防護服後身體又回到疫情前輕盈靈活的樣子，拾起腳踏車，這次只有一人回去。他望向遠方快消失的船隊看了幾眼，然後騎車離開。

一望無際的大海，搖晃的船艙，UN人員開始配發救生衣，已經穿著防護服讓穿救生衣十分困難，大家互相幫忙讓彼此穿戴好。不一會一些小艇靠近登陸艦開始接這些紅衣防護服的倖存者，他們被轉移到不遠處的一艘巨型郵輪，同時後頭也跟著兩艘郵輪前來會合。

雅芸登上其中一艘，在防疫人員帶領下經過了船內的各種設施，這郵輪在疫情前看起來應該是很風光的，裡面有賭場、泳池、豪華的酒吧，就像那些在網路上才會看到的照片。雅芸從沒搭過郵輪，沒想到第一次是在這情況，不過這些娛樂設施現在都停用而且被各種物資還有民眾、UN人員給占據，感覺有些滄桑。

船上有來自亞洲各地的年輕人，沒人知道這艘船的目的地，雅芸待在搖搖晃晃的甲板上，望著海面的波浪、海平面的夕陽發呆。

「現在太陽在這個方位，這艘船正在開向北方，大概可以容納幾千人，這裡的補給品大約可以用幾天……」如果浩晨現在身邊，他大概會這麼說吧。雅芸想起浩晨種種的一切，她早已習慣身邊有個人，現在只剩虛無的海風陪伴。

郵輪廣播響起，輪流用中英文廣播：「夜間管制時間已到。請甲板上的民眾返回自己的船艙。請配合防疫政策，離開房門務必穿著防護衣，切勿擅自進入他人房間或與他人交談，謝謝。」

夜幕降臨，浩晨回到藏身處，在手電筒的微光下拿起雅芸曾烹煮用的鍋子，拿了一會又放下，翻起雅芸昔日做的高中數學講義，又摸摸桌上的桌遊，若有所思。沒人知道UN艦隊要把雅芸他們載去哪裡，想想自己被感染了，距離被孕媽咬傷已經過一周，按照之前知道的最後資訊，感染者在第二周智力下滑速度就會呈倍數下滑進入第二期，如果每天持續吃膽鹼酯酶抑制劑大概還能在第一、二期拖延一兩周，也會大幅延長第三期的天數，這也就是為什麼先前街上這麼多狂暴的第三期感染者，正是因為服用太多抑制劑。這些抑制劑副作用強大，曾聽說過有些患者確診後太害怕，沒有節制的吃，人還沒失智，自己反而先得癲癇走了。

在印表機裡面翻找，打開紙匣，轉身來到辦公桌將成堆的A4紙放桌上，他望著凌亂的桌面拿起筆想記錄下最後的事，以前還能上網時就曾看過很多確診者在失智前、趁還沒忘記怎麼寫字、還認得字前趕快留遺言。

浩晨心裡明白，再沒多久自己將失能，最終也會像街上的感染者一樣到處漂泊，然後營養不良死去。

他穿著輕便的服裝披上薄外套在頂樓為植栽澆水，上次歷經颱風摧殘後新的豆芽已開出來，木瓜株也準備開花，他轉頭望向破損的木板浴室。

稍晚他蓋上棉被躺在昔日兩人的床上準備入睡，也許明天醒來可能就會出現症狀了也說不定？也許……

船艙內，雅芸打開背包裡的隨身物品，整理她帶來的東西，在郵輪上大家仍保持一人一室並有防疫人員定期來 PCR，這是間雙人房，裡面的備品相當完整，就跟飯店客房沒有兩樣，牙刷、浴巾、浴帽、衛生棉，一切都很周到，送餐的人員把餐盒蓋的完善避免傳染，牆上貼著各種防疫規定。

當時匆匆前往基隆港，心裡雖然覺得多少有機會可以前往避難所，但又覺得資訊不太清楚，機會不大，或許聯合國艦隊只是發完物資就閃人，所以沒想到要積極準備家當，沒想到還真的成功登船。

打開船上的電視，跟陸地上一樣沒訊號，只有內建的音樂頻道播放著古典樂。不過有總比沒有好，至少現在還能聽到很久沒聽的音樂，心情會好些。放下遙控器躺在軟綿綿的床墊上，在今天以前還是睡在簡陋的辦公室，望著眼前整潔的客房，像是出去旅遊，什麼疫情還有躲避感染者的攻擊，這些混亂的場景彷彿不曾存在過。

慶幸的是背包裡有手機跟充電線，原本也只是想碰運氣在基隆看能不能找到可充電的地方，現在船艙內就能充電使用了，可惜的是 Wi-Fi 密碼無法取得，手機打開只能看以前的相片，最早可以翻到兩年前的相簿，有在學校跟同學的合影，翻著翻著還會看到一家人出去玩的照片。畫面上的親朋好友可能已經不存在，喜歡翹課當網美的好閨蜜、系上愛講話的同學，爸爸媽媽……還有那個愛玩的妹妹雅真，一切都像泡影消失。遺憾的是手機裡沒有任何跟浩晨的照片，那位唯一還存活、現在最在意的人，無奈他們開始交往已經是沒有網路之後的事，且他可能過不久也要從這世界消失了，唯一還留下的只剩以前的對話紀錄。

「學姊等等有空嗎？」

「等等下課可以到校門口碰一下面嗎？」

「我覺得妳這張超好看！」後面放上白爛的貼圖。

無論是文字訊息還是限時動態都是浩晨單方面的主動，當時她對浩晨十分冷漠，有許多訊息沒有給他回覆，現在雅芸開始針對以前的訊息打了幾段文字。

「好啊！」

「沒問題。」

「當然可以。」

只見訊息欄跳出無法傳送訊息的的選項。

她在諸多雜物中拿出素描畫，這是浩晨唯一留給她的東西，也是他送的生日禮物，回想起以前浩晨追她的用心與真誠，她用冷漠來回應，現在就算再多的後悔也無法回到過去。她好想跟當時的自己說別這樣對待浩晨，別傷害了真正愛妳的人。

晚上郵輪在一個不知名的城市附近停下，岸上還有零星的燈火，UN的小船開始登陸，大概又是在招收年輕志願者。

夜深人靜的船艙裡，有舒適空調、高級床墊、流理台還有許久不見的淋浴間，這裡充滿著原有的文明社會生活模式，可雅芸心裡卻想著浩晨那克難的避難所，還有那個需要有雨水才能用的淋浴間……她眼眶濕潤，鼻水不斷流出，一邊啜泣一邊望著床邊的那張素描畫像，慢慢的睡去。

淨土——

白天在房間用完早餐、做完PCR後，有短暫的放風時間，既然現在UN主宰一切，WHO應該已經解散了。

昨晚的夜幕下只看到岸上零星的燈火，現在天亮仔細一看，發現岸上湧入比基隆港還要多的倖存者，UN派出更多的人力跟卡車登陸。轉過身再一看，遊輪旁不遠處出現了航空母艦頻繁起降直升機，它的甲板上沒有戰鬥機，而是停放直升機還搭起了許多帳篷，似乎那裡成為另一個防疫安檢站，船尾還有登陸艦載著從岸上接來的紅色防護服倖存者頻繁進出，看起來連航母也變成收留倖存者的地方。後方又來了幾艘小船正向雅芸的遊輪駛來，上面也載著倖存者，大概也是要登上郵輪的，果不其然不一會就聽到廣播表示請甲板上的民眾回房，雅芸準備離開時大霧散去隱約可以看到上海的地標：東方明珠電視塔。

就這樣航行了一兩天，有時可以看見陸地有時又是一望無際的大海，有時是島嶼有時是山脈，停了幾個地點又有更多倖存者登船，甲板上越來越多民眾，由於規定所有人員不得交談，其他倖存者來自哪裡並不知道。廣播除了中英文外現在還多了韓文、日文，點開手機地圖查看，這裡應該就是對馬海峽附近了。

滑動手機螢幕，地圖上顯示的位置已經離台北數百公里遠，眾人隨艦隊漂泊，倖存者心裡忐忑不安，偶爾會有海鳥飛到甲板來，但防疫人員一再提醒不得碰觸禽鳥類。

隨航行時間過去，周圍的天氣越來越陰沉，風也越來越強，廣播說現在是放風時間但民眾們都躲在客房內不再出來放風。雅芸從船艙內看到一望無際的大海，天上飄下一片片白雪，她推開房門緩緩來到甲板，冷颼颼的氣溫令人發寒，一片片綿密的白雪落在防護服上。說來真是奇怪，以前就曾幻想關於談戀愛，可以跟著心愛的男人滑雪、欣賞雪景，可能出國去日本還是歐洲，現在是第一次出國遇到降雪卻是自己一個人，要是浩晨也能在身邊一起看雪，那該有多好？

又過了一天，海面上已出現浮冰，灰濛濛的天空降下大雪，此時郵輪終於抵達終點，廣播傳來要大家收拾行李準備登岸。看來並非所有乘客都下船，在基隆之後上船的還得在船上關幾天，CSD.17 的潛伏期雖然很久，不過看客房內貼的簡介，現有的技術已經可以將隔離期縮短至七天。UN 人員給了大家比防護衣還厚重的雪衣要他們穿在防護服內，踏出艙門所有人都感受到刺骨的冷風，岸上燈火通明還有車輛頻繁行駛。

在 UN 人員的帶領下，年輕人們小心翼翼登岸，雅芸有雪衣仍覺得寒冷，雙手交叉摸著手腕部位上下摩擦。環顧四周，建築屋頂都是尖頂的，就像來到西方國家，四處的招牌都寫著俄文，當地的 UN 人員也很多人說俄語。一輛巴士來接應下船的乘客，她跟其他的倖存者被送上車，又被載往一處機場。在那裡已經有好幾架軍用運輸機在機場待命，渦輪引擎早已暖機正快速旋轉著，在機場的外圍寫著一串俄文，似乎是「歡迎來到某某地」之類的話，隱約瞄到告示牌的地圖，現在位置似乎是在海參崴。

巴士慢慢接近運輸機，它的機艙從機尾緩緩打開，巴士直接開到飛機旁放人下車。在地勤的引導下，雅芸跟著其他倖存者快步登機，絲毫不想在外頭的風雪交加下多待，只不過在疫情爆發之初有很多飛機駕駛染疫造成航空意外，使得飛機全面停飛，現在的情況居然還可以起飛？眾人有些擔憂，但當前只能相信 UN 人員們的安排，裡面的機組員皆是穿著防護衣，絲毫不敢大意。他們播放預錄好的中文廣播，教大家怎麼繫安全帶、降落傘在哪裡、怎麼使用。

在座的各位開始尋找安全帶喬位置，防護服裡面想必大家的神色應該都是蠻緊張的，都是第一次登上運輸機，座位皆是面對面排排座。機組人員確定大家都繫好安全帶後回到自己座位，機艙內只有刺耳的運轉聲，雅芸望著其他人，這時候如果還有餘力開玩笑，那大概會說：我是誰？我在哪？我為什麼在這裡？的確，大家上了飛機沒人知道會飛去哪裡。

就這樣，飛機起飛了，帶著不安，雅芸只能閉起眼試圖睡覺。

搖搖晃晃大概過了兩小時飛機就降落了，機艙門打開，大家緩緩走出去，這裡跟剛才一樣，而且看起來更冰天雪地，是鳥不生蛋的地方。

同樣的，又有巴士來接應，一樣是在俄羅斯境內，雅芸心裡不禁自嘲這根本就是旅行社安排的行程，又是搭船又是搭車搭飛機的。

巴士駛離機場，看到了驚人的一幕，在車子行駛路途中竟然看到當地居民沒有穿防護服甚至連口罩都沒戴在路邊鏟雪，這到底是怎麼回事？

不久後抵達一座現代化的臨時設施，那裡有許多像是馬戲團的棚子，眾人被帶往該處，原來這就是所謂的國際避難所。

進入設施後，一位女性 UN 人員將雅芸帶入一處消毒間，幾秒鐘的時間噴出霧狀消毒液體進行消毒。女性 UN 人員示意她將防護衣脫下，雅芸照做脫下，這顯然還不夠，那位女性 UN 人員再次示意將全身脫光光，雅芸有些遲疑，難道要做健康檢查嗎？雅芸脫去身上所有衣物，接著那位女性 UN 人員突然打開一旁的水龍頭，蓮蓬頭降下一陣水花，讓她有些措手不及，好在全部是熱水。緊接著，工作人員示意她要把眼睛閉起來並說水必須從頭到腳淋遍全身，又遞給她沐浴乳要她清洗。有人在一旁看自己洗澡實在很不習慣，但這是國際避難所，有著這麼高規格的防疫措施，只好忍忍。洗完澡後擦乾身體，經過了一道消毒間，又是噴灑消毒水，一系列完成後遞上這裡發的統一規格衣服，穿好衣服後又有另一位 UN 人員帶她穿過幾個走道。這裡的工作人員都沒有防護衣只有這裡的制服，走道的盡頭是一扇門，推開來後，看著人來人往的大廳，放眼望去，裡面有來自世界各地，不同人種的年輕人，眾人都是穿著跟她一樣的衣服，更重要的是這裡沒人穿防護衣跟戴口罩，大家自由活動還可以正常交談，彷彿疫情從來就不存在。

跟在郵輪一樣，她被帶往指定房間，這裡就看起來就沒像郵輪那樣舒服，比較像是大學宿舍寢室，仔細觀察這裡應該是以前的兵營宿舍。她轉身向著 UN 工作人員用英文比手畫腳詢問口罩跟防護衣問題，對方微笑的說這裡不需要那些東西。

關上門，雅芸走到床邊，這是一個上下鋪，下層已經放了別人的私人物品，可見這裡還有其他人，廁所傳來沖水聲，一位同為台灣人的年輕女子走了出來，看起來比雅芸年輕。

「嗨！妳也是台灣人吧？」那位陌生女孩問。

「對。」

「那也是從基隆一起出發來的？」

「對。」雅芸回答著。

「太好了！我叫子庭，妳呢？」

這位女孩二十一歲，剛升大三，高雄人，性格跟浩晨差不多，比較積極主動些，看來這就是她在這裡的室友了。想必在船上關這麼多天大概覺得無聊到不行，現在終於找到人可以講話。

「剛剛搭飛機耳朵都有點重聽了，不過我還是覺得這裡都沒防護服真的有點不習慣，我看那些外國人他們都沒穿，好像不怕傳染。」子庭有些擔憂的說著。

「會不會他們已經有疫苗了？」雅芸同樣有這疑惑。

「可是他們說要我們來幫忙研發疫苗，應該是還沒有疫苗才對，該不會之後天天都要抽血啊？」

「希望我們來這不是來當實驗品的，還有做一堆智力測驗。」

「齁！那些測驗真的好煩，我最討厭考試了！如果是這樣我還倒不如留在台灣。」子庭翻了白眼嘆口氣。

寢室內傳來用各種語言的廣播：「請各位訪客依照指示移動到會議廳。」

子庭聳聳肩：「我們還是趕快去吧。」

兩人離開寢室順著指標跟著其他人往目的地移動，遇到不同寢室的人不分語言都會比手畫腳詢問是否是往這邊走。

一旁的 UN 人員用手勢引導著大家，最後擠進一座大禮堂，門口的告示牌指出需對號入座，這時大家才發現自己的制服上都印有號碼，雅芸四十八號、子庭四十九號，就像進電影院般，大家開始找自己的座位。

在場的年輕人都是亞洲人，根據號碼，不同國家地區被分到不同的座位集中在一起。每張椅子上已擺好一附耳機，大家不約而同的將它戴上。

沒多久一位主講人上台，開始用英語演說，耳機裡也同步有即時翻譯。

「各位大家好，我是這裡的指揮官，我代表聯合國向各位問好。」他開啟投影幕繼續說道：「在座的各位都是來自亞洲各地的年輕人，有來自新加坡、馬來西亞、越南、台灣等多個地方，明天會有日本、韓國、中國的新成員加入。我們現在的位置在俄羅斯的堪察加半島，在這裡大家可以放心的生活，這裡並沒有病毒的威脅，因為凡是要進來這個避難所一定得經過七天的隔離還有 PCR 跟測驗。」

說到這裡，台下開始竊竊私語。指揮官又繼續說話，對於大家的疑惑絲毫不意外：「各位應該都知道，過去幾個月我們受到新冠病毒——CSD.1.7 的肆虐，人類文明受到史無前例的打擊，好消息是經過半年的努力我們僅存的科研人員已掌握 CSD.17 的弱點：它們無法在低溫生存跟傳播。」

投影幕上出現北半球的地圖，在俄羅斯、北歐、加拿大上出現幾個記號。

「冬天給了我們一次機會，聯合國在北緯五十五度以北的區域建立了幾個國際避難所，這些區域在過去半年來疫情最早被控制住，但是在北緯五十五度以南的區域，我相信大家都體會過了，不必我多做解釋。」

畫面跳到下一張圖表。

「二〇年代初的 COVID-19，當時我們太過大意造成全球五十億人被感染，本來以為它已經沒有威脅，我們選擇忘記它們的存在，可是它們沒有停下腳步，透過變種讓我們的世界再次淪陷。我們被擊敗了一次，但是我們不能再被擊敗第二次。跟據我們的專家給出的方向，COVID 系列病毒的特性是變種速度非常快，基本上是無法靠研製疫苗去對付它，根本跟不上它的變種速度。因此我們著手從現在尚未確診的人身上找尋可以免疫 CSD.17 之後的變種病毒的 DNA，其中以十五歲到二十五歲的細胞內最有機會提取到免疫的 DNA，若你本身從未得過新冠病毒那機會就更大了！」

疫情肆虐這麼久以來總算聽到振奮人心的消息，大家眼睛都為之一亮。

「我們現有資訊顯示，人體內有一個名叫 ACE2 的受體細胞，歷年來 COVID 上百種變種株能感染人類，只感染人類不感染其他動物，正是因為這個病毒可以跟人體的ACE2細胞結合，病毒就像一把鑰匙，ACE2受體細胞就像鑰匙孔，病毒只要能插進去我們就會被感染，COVID病毒插一次插不進去它就變種把鑰匙形狀改變再插一次，插到能吻合開鎖為止。」

台下的聽眾大部分都還只是學生，國中生到大學生，但是他們這輩子大概沒有這麼專心聽過演說，而且還是生物課。

「不一定每一個變種都能感染到所有人，因為每個人身上的ACE2受體，這個鑰匙孔都會有略微差距，很不幸的，CSD.1.7是目前COVID系列病毒裡變種速度最快的一個病毒株，它每四十八小時就可以變種三次，它如果插不進你的ACE2，那它就馬上修正它的形狀繼續插。在座的各位還尚未被感染，只有兩種可能，一個是防疫做得很好，另一個是你身上或許有無法被病毒攻克的ACE2受體細胞，這就是我們打敗病毒的關鍵！天選之人！你們是拯救全世界的關鍵。」

主講者補充，就算身上沒找到抗體或是所謂的百攻不克的ACE2天選之人細胞，這些來自世界各地的年輕人也有其他任務，目前全球尚未感染CSD.1.7的人口推估約有十二億，占約全球人口十七％左右，其中兩億人生活在北緯五十五度以北的地區，為數不多的頂尖科學家更是生活在北極圈內，保守推估病毒的傳播力半年後就會消退，屆時還存活的感染者人數會下降到三十億以內，勉強達到可接受的扶養比，因此在座的年輕人將加入聯合國主導的「種子計畫」，分為幾個項目：

男生們將負責清理組、維安組，前者負責疫區環境消毒整潔衛生，後者負責保護其他UN人員，不被患者甚至是其他倖存者攻擊。

女生們及少量的男生將加入種子計畫的核心部分：經過為期半年的教育訓練成為一名特教老師，專門對染疫後相當於六歲智力的弱智病患進行開導訓練，幫助他們透過學習來回歸正常生活，也可能加入長照人員來協助病患。明天就會有能力測驗，來分配疫後重建的工作崗位。

感染者會下降到三十億以下，這意味著另外數十億的感染者將撐不過這冬天，第四期感染者在冬天缺乏照料又吃了膽鹼酯酶抑制劑的情況下，若無法自理，且面臨飢餓、感冒、無法禦寒等情況，那只剩凍死一途……

回到寢室內，子庭伸懶腰，倒頭就躺在床上滑手機。

「搞什麼，來這裡又要考試了！半年前就說病毒半年後會沒有傳染力，現在半年到了又說半年後才沒傳染力？」

看著還是大學生那樣單純的子庭，這樣大剌剌的個性想必她應該是在系上可以很快跟其他同學熟起來的類型吧？

從她身上看到天真不怕生的性格，不知不覺會想到浩晨，按照這樣的速度他應該已經進入第二期……不知道現在浩晨在做什麼。窗外昏暗，大雪紛飛，接近窗邊的玻璃就可感受到一股寒意。

「對了，這裡有Wi-Fi嗎？」雅芸問著床上的子庭。

「有是有，只是它只能連區網。」

雅芸有些失落。

「他們可能也把這裡當機密吧？之前在船上也這樣，我已經幾個月沒上網的說。」子庭換了臉色，有些憂愁的繼續說道：「其實沒有網路也挺好的，不然最後幾次上網的時候，網路上沒有一件好消息。」

雅芸回想的確如此，那時候任何媒體管道傳來的消息沒有一件是好的。

「幾個月前網路上有個傳言，說隔離區的事情，妳知道嗎？」子庭默默的問著。

雅芸腦海裡也漸漸浮現台北大巨蛋的場景：「我知道……我親眼見過。」

「對喲，你們台北也是這樣喲，我們高雄那裡也一樣。」

雅芸默默坐到子庭身旁，兩人對彼此對過往的經歷十分有感觸。

「應該說，全世界都一樣，剛剛坐我們後面的幾個馬來西亞人，我有聽到他們說他們也有滅絕營，還說日本、韓國也是餵那些確診的人吃安樂死藥，歐美的好像是發藥到家裡要你自己吞。總之，我們家除了我跟我爸沒被感染，其他家人全部都送隔離所，然後……」

那位看似樂觀的女孩在探討起過往，態度忽然轉變成一位需要被撫慰心靈的小女孩，她的遭遇跟雅芸差不多，疫情爆發後全家人只剩父親跟她尚未被感染，在南部也存在安樂死滅絕營，她的家人被送去隔離所後，結局可想而知。她曾經的夢想是環遊世界，也有想過要當空姐，諷刺的是，如今人身處國外，可現在只希望疫情趕快結束回台灣，然後回去第一件事就是立刻回高雄老家陪爸爸。

子庭說完自己的故事馬上恢復情緒。她外在表現的呆萌，內心其實很堅強，應該說能存活到現在的人心理素質一定得強。她又問雅芸關於這幾個月的遭遇。

「我喔，我們家只剩我一人沒被感染，其他人就……妳也知道的，都進隔離所了。」

「妳在台灣已經沒家人或認識的人？」子庭小聲委婉的問。

「只剩最後一位，算最近交往的男朋友。」

「那很好啊！他怎麼沒跟妳一起來？是不是年紀很大啊？」

「他小我一歲，原本要一起來，可是出發前沒幾天他被感染了，在基隆就被驗出確診。」

子庭聽了滿臉錯愕又惋惜。

「可能我回去的話他也不見得在了……至少妳在台灣還有家人，我應該……」雅芸不想再回想那件傷心事：「老實說我也不知道我們能不能回去台灣，新冠病毒已經很多年，有疫苗也沒用，怎麼能保證未來就會消失？如果一直沒消失我們會不會就永遠被困在北緯五十五度以上的地方？」

子庭聽聞反過來安慰她：「現在只能靜觀其變，先暫時待在這裡等好消息。剛剛也說了，預估半年後還有三十億的感染者存活，妳男友還年輕可能撐得過去，再說就算沒有疫苗，我們還是有機會可以加入種子計畫回去的！」

聽完她所說的，雅芸重拾信心。

「那妳跟妳男友怎麼認識的？」子庭好奇的問。

「我們以前是同個學校，通識課上的學弟。」

關於雅芸跟浩晨的關係，她是第一次向雅真以外的人提起，透過這次分享回顧這段在疫情期間交往的過程。從一開始疫情爆發之初，浩晨沒有放棄來找她，帶她到自己藏身處，中途歷經各種冒險，她才意識到真正愛她、不離不棄的人，一直在身旁守候她。最後講到男友在跟孕婦搏鬥時被感染，她後悔自己好心收留外面的陌生人，之後他們意外殺死對方，這一路走來，都是浩晨在保護她。

「他追妳多久？」子庭問。

「少說至少有一年多吧。」

「也太久了吧！」

「沒辦法，我以前在那個環境背景下就是不會喜歡上這種男生，我是今年國考的錄取生，可能想法比較務實，不太喜歡學弟那樣呆呆的。誰知道才剛放榜疫情就爆發，考上公務員現在國家可能也不見了。以後回台灣，我一定要找到我男友，就算他失智忘記我或是怎樣的，我也還是要找到他……」雅芸說完沉默了下平復心情。「妳呢？有男朋友嗎？」

子庭聽了嘟嘴想了下：

「現在沒有，以前有。」這語氣聽起來很有故事。

「我其實不太會說我以前交往過幾任，如果有人問我會說我只交過兩任，不過現在我已經不在意了，我交過八任。」

「八任?!」

雅芸一聽蠻驚訝的，明明才小她兩歲，居然可以交八任男友，想想自己真的太單純。但以子庭那種大剌剌的個性要交男友應該不難，只是八任真的還蠻多的。

子庭放緩語氣接著說：「妳男友跟我以前其中一任很像，很單純，很呆，木頭人，追了我蠻久，不過我們很快就分了，我提的。」

「為什麼？」

「就失去新鮮感吧，我還記得他很難過，就像妳剛剛說的，真的要歷經很多事才會明白，才會想起別人對妳的好。我過去交的幾任有暖男也有渣男，可是這些都過去了，他們可能也確診了，都不重要了。話說回來，妳至少有在最後一刻把握住機會，知道他對妳的好，有珍惜到他，哪像我，過去就過去了。」

雅芸聽了她說的，覺得至少自己算幸運了。

「我覺得妳跟妳男友，說實在，就算他沒被感染跟妳來這邊，也不能保證就一定能永遠相親相愛在一起。人說變就變，像我爸媽已經分居幾年了，沒有以前那樣相愛，可能怕影響到我一直沒離婚。但可以確定是妳至少跟妳男友曾經擁有、經歷過那段過程，把握過那段過程，這比最後有沒有真的陪伴到老還要重要，不會錯過就沒了，這算是幾個月的領悟吧。」

還來不及聊完，寢室廣播請她們出來用餐，稍作整理後她們來到食堂集合，這裡菜色豐富，也有專人打飯，有羅宋湯、法國麵包、義大利麵、海鮮，就像飯店的自助餐一樣，只是這裡不能吃到飽。

次日，越來越多各地的民眾來到這間國際避難所，一切都變得擁擠，在堪察加這裡的亞洲面孔又年輕的人幾乎都是一起搭郵輪進來的，一些高級知識份子已經被轉移到其他研究機構。打飯也需要排隊，時間花的比較久，很快眾人們就發現一件事，這些菜色從來不會更換，這裡沒有白米飯還有亞洲人常吃的食物，清一色西方料理。曾有幾位中國人向 UN 人員反應，不過得到的答覆是這裡是高緯度，不產低緯度的東西，而且食物有限，大家對這答案只能摸摸鼻子接受，畢竟這裡是避難所，沒有被病毒汙染的淨土還是別嫌東嫌西好。

訓練——

「種子計畫」如火如荼進行，才放一天假，馬上開始分班能力測驗。在這裡周休一日，有標準的軍事化管理，想吃國際避難所的飯可不是這麼容易。慶幸的是這些年輕人大多還是高中或大學生，對於這種上課模式不會太陌生。授課人員表示「種子計畫」必須在半年後實行，因為科學家擔憂若太晚執行，感染者的腦部長期處於弱智狀態的話，即便真的找到消滅病毒的方法，對腦部的傷害就無法透過後天訓練恢復，就算吃藥輔助也沒用，這點在以前 COVID-19 初始幾代病毒所帶來的長新冠腦霧患者就已證實過。現在必須加緊腳步培訓專業人才到世界各地協助患者恢復智力，給國際避難所年輕人訓練的教育課程主要設計給三歲到十歲的孩童，教你如何傳授知識給他們，目前普遍認為成年人經過 CSD.17 第四期後智力水準會處在六歲的水平，必須比照遲緩兒、身心障礙人士去對待他們，不只需要有耐心還要有輔導的專業，成為一名合格的特教老師。

周一、周三、周五學的是特教，周二、周四、周六則是長照，聯合國推估半年後染疫的老年人口應該為數不多，主要照料對象會是廣大的成年人，各種失智的狀況會頻繁出現，白天患者接受教育上課，晚上就要照顧他們的起居，成年人患者的好處是不會像老人那樣行動不便，壞處是他們可能會有比較強的情緒，必須隨時準備鎮靜劑在身上以防萬一。

台灣人被集中起來由幾位效力聯合國的台裔加拿大人所領導，這次一起來堪察加的台灣人大約四百人。

「四十八號！」UN人員在課堂中叫著。

雅芸從眾人中站出來並被任命為班長，她被分派帶領一群年紀比她小的台灣國高中女生們一起受訓，聯合國各分部的避難所透過能力測驗選出比較年長的人擔任小領導，將性別區分開分班受訓，子庭也被選為另一班的班長。

其中一位台裔加拿大人阿姨主動來關心子庭跟雅芸：

「妳們同寢室？」

「對呀。」

「怎麼這麼剛好兩個班長住一起？這些孩子們就靠妳們囉，有問題記得隨時過來問我，我叫瑪姬。」

相較於其他UN人員，瑪姬比較和善一點，還會詢問子庭跟雅芸的名字，不像其他人只用號碼稱呼。

這些國高中生平時可能很聒噪，但在失去親友還有疫情來的劇變下對人生觀都有不一樣的看法，且沒了網路社交媒體的刺激娛樂，來到這陌生的環境下大家都知道要互相扶持，以前的世界可能回不去了，迎接的會是一個疫情後全新的世界。

沒多久的時間，他們在隔離室見到了幾名被管束的感染者，一旁穿著隔離衣的教員就像動物園裡的保育員那樣對他們下指令，這些感染者都是年齡層不同的洋人，已經不會講話，只會追著教員手裡的玩具跑，跟猴子沒兩樣。這些感染者不像台灣見到的消瘦，看得出來是有人在養，巧克力、糖果、餅乾是感染者們喜愛的物品，這些患者無論如何一定會竭盡所能來拿到，這時教員只要手上有這些物品，患者們就會聽話。

「坐下！」

「起來！」

「把東西放過去！」

教員用英語、俄語說著，只要達成目標就會給患者獎勵。

這些四期患者只會基本幾個動作，穿好衣服、穿好褲子，上廁所要在馬桶裡，用叫聲或發出聲音來表達當前情緒，已經不會說人話。至於吃飯，餐具並不會使用，都是徒手抓食物吃。如果沒在指定地點上廁所，沒穿好衣物就沒獎勵，若情節嚴重的像是隨地大小便、攻擊其他患者或教員就會遭到電擊棒的處罰。

瑪姬提醒大家眼前幾位患者身上還帶著微量病毒，雖傳染力有限，但還不能大意。教導員向他們展示眼前的狀況，這就是以後要面對的對象，現在先用馴服猴子的方式讓感染者安分，之後才能傳授人類文明知識給患者，他們的任務就是要將患者恢復到智力十二歲以上的水準，要會基本的聽說讀寫。

眾人看在眼裡，想到自己被感染的親朋好友就算沒有被滅絕營處理掉，剩下活下來的人也會變成這付德性……看來可能安樂死也不是什麼壞事了。

若浩晨真的存活下來，那他也會變成這樣嗎？雅芸不禁一陣心寒。

「好！我們繼續課程！」瑪姬喊著。

一天八節課，課程反覆，學生們難免倦怠，但UN會柔性的提醒說若不適合從事長照或教員也會被分發到其他崗位，例如勞力、開墾、維持基地運作等，看來高層還是有意引導大家認真上課成為他們計畫的一部分。

不難理解聯合國高層的用意，他們希望在有限的資源下將每個人力發揮到最大，所有的目標導向都著重在重建世界。

另外關於國際避難所位置始終保密，並不想讓大家知道實際位置在哪裡以免被其他難民闖入，這也就是為何整個避難所除了有權限的 UN 人員外其他人都無法使用網際網路的原因。

唯一比較使人放鬆的課程就是體育課，在這可以打冰上曲棍球還有溜冰，只有這時候大家會玩成一塊，就像出國旅遊，忘了自己在避難所。

室內的休閒活動是看電影，電影院播放的內容多半是迪士尼卡通，因為普通的電影參雜七情六慾，大眾題材怕會勾起大家關於親友的回憶，浪漫題材又會使大家想起家鄉的戀人甚至是逝去的愛人，唯有兒童卡通比較安全。

他們兩周抽一次血，為了協助找出抗體，不少不敢抽血的孩子們還是咬緊牙根讓 UN 人員抽。

一如往常來到就寢時間，時間一到，房間內的燈就會八成斷電只留小夜燈，雅芸在半夢半醒間感到肩膀一陣溫暖，一隻不陌生的手臂摟在她的腰上，她眼睛沒睜開但是知道這是浩晨，雅芸只是平淡的說：

「你來啦？」

浩晨沒回應，只是動手微微的摟腰。雅芸這時發現她眼前是台北那間熟悉的商辦大樓藏身處，那曾經躺過的沙發椅，這次彼此間的隔離衣消失了，兩人穿著再平常不過的休閒服。她沒有覺得從俄羅斯瞬移到台北很不尋常，就算有些突兀，也沒什麼好大驚小怪的。她繼續說道：「你都不知道我已經很久沒你的消息了，很擔心你。」

浩晨聽聞不以為意：

「有嗎？我不都在這裡？我不是說過，我要永遠陪著妳呀！」

雅芸聽了相當安心，握住了浩晨手臂：「那就好……」

一剎那，浩晨消失的無影無蹤，雅芸起身回頭環顧四周，絲毫對浩晨的消失不感到意外，只是覺得他的不告而別有點突然。桌面上凌亂的生活用品依舊，泡麵碗、手套、酒精瓶跟記憶中擺放的位置一樣，摸摸自己的腰部，剛剛浩晨手臂放的位置還有些餘溫，雅芸將雙手放在浩晨摸過的地方，希望這個溫暖可以久一點，不要消失的太快。

一陣白光忽然湧現，亮醒了她。

眼睛睜開，又回到了堪察加的宿舍，室友子庭也剛準備起床，原來是昨晚忘了拉窗簾，外面陽光照在雪地上的反光透進屋內，剛剛是浩晨來找她嗎？希望不要是這樣，因為這代表浩晨已經離世。剛剛只是一場夢？

伸手摸著自己的腰部，剛剛夢中浩晨摟的位置果然十分溫暖，再伸手往下摸就知道原因了，昨晚睡前為了舒緩生理痛在腹部放的暖暖包不知為何滑上來了。

鬧鐘響起，又是新的一天，得趕緊整理一下準備用早餐，又要上一整天課了。

生活一切順利，雅芸馬上適應了這裡的環境，外頭的大雪退去，取而代之的是綠意盎然的山林還有草原，雅芸帶著班級的女孩們在針葉林中慢跑，抬頭仰望天空，隨著步伐眼前滑過一旁的林木枝葉，天氣已開始回暖，南方的世界現在到底變成什麼樣了？

聯合國總部已經遷至瑞典的斯德哥爾摩，在堪察加這邊，晚上雅芸有時經過長官的辦公室會看到裡面的 UN 人員在跟斯德哥爾摩方面視訊，次數越來越頻繁，因為時差的關係有時候半夜還會聽到會議室繁忙的聲音。

子庭跟雅芸是班長的身分，門禁管理較為寬鬆，她們注意到平時只白天才會運作的卸貨區現在幾乎沒在卸貨而是在輸出物資，就連晚上也馬不停蹄。

看來時候到了，UN 似乎準備有大動作。

現在各班班長都被分配了未來的工作，是教員，男女分班，其他學生則是一半教員、一半長照。

雅芸身為班長帶隊其他女學生們在郊區一處農場慢跑，發現一處充滿溫室的空地。

「大家原地休息！」雅芸要學生們停下。

學生們彎腰坐下休息，有的喝水有的閒聊。

出於好奇，雅芸順著小徑向不遠處的溫室走去。
來到溫室門口，上頭用俄文寫著一些字還有UN的標示，看來這也是UN的財產。她進門，裡面沒有其他人，只有少數機械作業的撒水器還有些自動化施肥器具，是座無人溫室。
放眼望去是清一色的玉米，伸手觸摸玉米鬚，讓她想起了那棟商辦大樓頂樓，浩晨曾在那種植過玉米，只可惜颱風毀了一切。
這些玉米勾起了那段日子的回憶，浩晨在身邊一邊教著如何種植又一邊採收，還記得一旁還有木瓜跟番茄，這些成了會吃到膩的主食，還有龍葵，這在當時堪稱噩夢，有夠難吃，浩晨還特別交代葉子要煮熟否則吃下去會拉肚子還是中毒之類的？這些蔬果無論是否好吃，可吃下的每一口都能有種安全感，這是浩晨的用心。摸著溫室裡一根根茁壯的玉米，想到跟他的一切，不知道他現在還好嗎？
我一定要找到你，等我。
雅芸心裡默默想著。
在一個夜晚，原本晚飯後是安排電影時間，放映卻臨時宣布取消，要大家來會議廳集合，就如之前剛來到這裡時那般盛大，華語系國家因座位不夠而改至電影廳同步直播，配合統一翻譯。

雅芸帶著班級學生入座，她們心中滿懷期待，想聽好消息。

「我們經過半年的努力，已經完善所有的教育體系，也開發了新的延緩腦細胞腦老化的新藥，在對患者經過 PCR 檢測後確認無傳染力就會對他們進行馴服還有教學，在歐洲的種子成員已經南下出發，北美明天將會出發，亞洲的部分預計三天後出發。大家將會回到各自家鄉協助患者重拾記憶，幫他們回歸正常生活。」

聯合國列出幾項教學計畫跟大家宣導以及對長照流程規劃作大略說明，他們將捕獲健康狀況尚可的感染者進行隔離，確認無病毒傳播力後就會開始馴服、教育。

說明會結束後，在場的學生們議論紛紛，大家對返鄉的消息有著不同看法，也有蠻多人擔心家鄉僅存的親友是否還保持尚未染疫的狀態，台灣的學生也擔憂在基隆港目送他們出港的家人們會不會已經不存在？

瑪姬跟其他 UN 人員將雅芸、子庭還有幾位台灣班長私下找來會談，語重心長的告訴班長們，當時會讓他們當班長是透過性向測驗、邏輯思考能力綜合評估得來的結果，認為這些年輕人有領導能力還有些優異才能。「種子計畫」是要讓所有受訓的孩子們返鄉拯救其他人，但考量到家鄉可能已沒親人，班長們可以選擇是否要返鄉，若不返鄉將會留在 UN 單位裡繼續服務，也可能會外派到歐洲、加拿大之類的其他據點。

回房後，雅芸跟子庭對剛剛的私下約談滿是不解，感覺那些台裔 UN 人員有隱瞞些事情，會特別給他們另一個留下的選擇，這感覺返鄉也不見得是一件好事。

「是沒錯啦，回台灣要進行重建工作還要當老師教人，聽起來好像是比這邊還麻煩。」子庭在房內徘徊思索著。

「妳不覺得很奇怪嗎？」雅芸突然問。

「怎麼？」

「剛剛直播視訊講很多回去後要做的事情，可是他們沒有提到抗體找的怎麼樣了？」

「對耶！難怪我就覺得哪裡怪怪的？」

「剛來的時候不是都有抽血，蒐集我們的血液找抗體，怎麼現在都沒消息？」雅芸接著說：「我看我還是去問清楚好了。」

確認離就寢時間還有兩小時，雅芸起身拉著子庭出去，不一會她們就在營區內找到瑪姬。

「瑪姬！」雅芸叫住她。

瑪姬停下腳步回頭望著兩位女孩。

「怎麼了，要跟我登記留下嗎？」

「我們還有很多事情想問妳，就是剛剛會議室裡講的，我們還沒找出抗體，現在就要回去了。這感覺怪怪的。」

「對啊，我們不是已經有抽血檢查？現在我們還不知道自己是不是天選之人？」子庭在旁補充。

「還是……妳有什麼其他建議？」雅芸壓低語氣，擺弄一下眼神問著。

瑪姬擺頭看四周確定剛剛的對話沒有其他人聽到：「對了，妳們有想喝點什麼東西嗎？」

在瑪姬的帶領下，藉著她的權限卡，雅芸跟子庭穿越其他營區來到她們從未抵達過的區域。這原本是一座小鎮，現在已經被徵收成為聯合國的營區，原本的中老年居民仍在這裡繼續生活著。

瑪姬帶她們來到間酒吧，這裡都是UN的洋人們在聊天，有些是軍人，有些是後勤人員。

「妳們有沒有來過酒吧？」

「以前在台灣有去過夜店。」子庭不避諱的說。

「能喝酒嗎？一點點，不行的話就果汁。」

「我果汁就好。」雅芸率先表態。

「那我喝一點點。」

「我們一起喝一杯好了！」瑪姬轉頭向櫃檯人員說了幾句俄語，拿了三個小酒杯，服務人員給她們平均倒一點，瑪姬給了ID讓櫃檯人員登記，現在即便在沒有病毒的地方也已經沒有貨幣這東西了。

「我剛剛給妳們點了果汁，另外點了咖啡調酒給妳們嚐嚐，喝一點點就好，不然我怕妳們睡不著，我晚上還有工作要忙沒關係。來俄羅斯本來是該喝伏特加那些的，我自己以前在加拿大就是在酒吧上班。我看全世界只剩這裡有酒喝，因為其他酒吧裡的酒早就被全部拿去當酒精噴了。」

子庭跟雅芸喝了幾口品嚐，但心裡在想何時切入正題。瑪姬又繼續說：

「我以前住桃園，我大學畢業後工作蠻難找的，那時候台灣薪水很低，現在是不是這樣我不知道。總之那時候就是流行出國打工遊學，大部分的人去澳洲、紐西蘭，我那時候就差不多是妳們的年紀，很幸運的可以去加拿大，做的工作就是當地人不願意做的工作，如果沒有其他規劃回到台灣，那更找不到工作。」

雅芸聽了十分有感，這就是之前她們大四學生的憂慮，沒想到過好幾年狀況還是差不多。瑪姬接著說：

「就是很漂泊，唯一不同的是，我在這工作認識了加拿大男友，他幫我拿到永久居留證，工作就是順其自然，沒打算生孩子，生活過得去就好。這一待就是很多年，幾個月前誤打誤撞加入了聯合國組織，因為我會中文又在台灣出生。」

瑪姬喝了幾口，又搖了搖杯中的咖啡調酒：「第一次新冠病毒爆發的時候，我在台灣的爺爺確診過世了，那時候全世界都封城，我也來不及回去參加葬禮，等疫情結束解封後我就想要不要搬回去定居，可是我又在加拿大那邊生活的很好，就沒特別想回台灣。去年我爸中風，我是家裡唯一的小孩，我才想說回去看看我爸，機票都買好了，後來妳們也知道，飛機被停飛，一開始還能視訊的時候一切都看起來不怎麼樣，後來我家人說我爸媽都確診送隔離區了。」

接下來的結果雅芸跟子庭最清楚，這時候也不知道該講什麼。

「妳們可能知道那是什麼，他們說是滅絕營……嗯……」瑪姬又喝了幾口酒，點點頭：「加拿大可能緯度高，確診的不多，沒有什麼滅絕營，不過加拿大的做法是在郊區的醫院集中隔離，每人都有發安樂死藥可以決定自己要不要吃，安樂死方案是世衛給出的最後控制疫情的解法。」

兩位女孩漸漸明白，原來全世界都有類似安樂死的方案是從這裡來的。

「我在台灣已經沒有什麼親人，這個疫情帶把他們都帶走了，只能說，愛要即時，第一次新冠病毒都多久以前的事了，誰會料到第二波說來就來，連我見爸媽最後一面的機會沒有。回頭來看有些諷刺，明明這麼多機會可以回台灣看爸媽，非要等到最後才遺憾。」

她會向兩位才剛認識熟悉起來的女孩吐出心裡的話，可能也是覺得當前混亂的世界，如果有人能傾聽她壓抑許久的心底話，那倒也不錯。

瑪姬沉默了下繼續說：「如果是我，我是永遠不會回台灣的，並不是因為台灣不好或是我在台灣已經沒家人的關係。」

「那是什麼原因讓妳不想回台灣？」雅芸皺起眉，好奇問。

瑪姬不由自主的抓了下自己頭髮：「那是因為我不敢回去面對……」她又擺了下頭：「我不敢回去面對我過世的家人，我讓他們失望了。之前一直沒回去看他們，現在如果回去只有滿滿的遺憾。妳們還有親人在台灣就趕快去吧，不要造成遺憾，如果已經沒有親人想要重新生活的話就加入我這邊吧，妳們離開後我就會調回加拿大，我男友現在也在那邊服務。」瑪姬一次把咖啡調酒給乾了：「啊！美味，這福利只有妳們兩個有喔！其實這是不符合我們規章的。」

雅芸跟子庭尷尬的笑了下，點點頭。

「然後，妳們說的這些問題……」瑪姬略微伸手示意她們把臉貼近，準備要低調小聲的說：「找出抗體這件事，聽說不是很順利。」

「為什麼？是找不到天選之人？」子庭也跟著小聲的問。

「我得到的資訊是，已經從你們年輕人身上找到一些從來沒有得過新冠的天選之人，就是從第一代新冠病毒到 CSD 都可以免疫的基因，但是現在問題卡在要複製天選之人的基因要提取它的抗體很困難。老實說……其實……四十八號……妳就是天選之人之一。」

「啊?!」雅芸驚訝的用雙手摀住自己的嘴。

瑪姬點點頭：「沒錯，只是我們沒有公開數據庫告訴大家，因為上層不希望因為這個資訊讓防疫鬆懈害到其他人，這件事自己知道就好。」

「怪不得……我們全家只有我通過那個 APP 測驗。」

「恭喜妳了。」子庭一旁說著。

「還有啊，很抱歉，四十九號我沒看到。」

對於這樣結果，子庭反倒不在意，只是喝了幾口杯中的調酒。

「所以，那個免疫的原因就是之前說那個 ACE2 細胞？」雅芸接著提問。

「對，那個受體細胞，你們身上的 DNA 都有被聯合國這邊採集下來，每天反覆的拿你們身上的細胞去測試，透過 AI 跑出的分析結果就是你們大多數人的細胞最後還是會被 CSD.1.7 攻克，就算有天選之人的 ACE2 不會被攻克，AI 還是解析不出來，無法複製到疫苗或抗體的應用上。」

「這個謎連AI都算不出來？」雅芸疑惑的問。

「沒錯，AI它早就知道病毒已經爆發，可是沒人問AI就不會主動說，等人真的問的時候AI也救不了我們了。」

「好懷念Pinber，嘖，我的作業都靠它。」子庭伸個懶腰，隨意的說。

「只是想告訴妳們，如果選擇回台灣，還是有風險的，且要穿回防護衣，聯合國這邊是希望妳們回去，因為這裡資源有限。不過我剛剛有講，如果妳們在台灣已經沒親人的話，是可以選擇跟我去加拿大。我能說的都說了，其他的事我也不知道，這些事情妳們聽聽就好，低調低調。」

瑪姬順手翻弄了下桌面的菸灰缸又不禁嘲笑自己：「真好笑，我以前抽菸，來這裡已經戒了，還是手賤想抽菸。」她語帶不捨：

「唉，真是對不起妳們了，妳們這個年紀本來應該是在體驗人生的，談戀愛、揮灑青春，做自己有興趣的事，是我們這代沒把病毒處理好，害到妳們這代了。」話鋒一轉，瑪姬又問：「所以，妳們有什麼想法了嗎？」

跟她談完後，兩人返回寢室。

「真是！我們抽血都白抽了。對了，妳想回台灣嗎？我剛剛看C班的班長他說不回去，因為在台灣已經沒家人……」

「我喔，」子庭接著說：「我是有家人在一定得回去，如果回去我爸真的怎樣了那再說。」

雅芸左思右想，給出答案：

「我剛剛聽是說台灣的網路已經恢復，只是這裡管制，我們沒權限連上網，等到台灣我會試著聯絡他。」

子庭不好多說什麼，雅芸心裡明白浩晨最糟的情況就是已經在冬天就往生了，最好的情況就是教員訓練時看到的跟猴子沒兩樣的感染者一樣，用餐具吃飯都有困難，更不用指望會用手機上網。現在過了半年，如果回去的話要有心理準備，而且要上哪找浩晨也要先想清楚。如果真的找到他，第四期後可能也會忘記雅芸是誰了。

她起身來到自己的置物櫃，從資料夾中拿出存放已久的素描畫，每一筆畫都勾勒了當時浩晨對她的愛意，這位曾深愛她的男孩要再動筆畫給她已是不可能，無論浩晨是生是死，變成怎麼樣，只剩眼前這張薄薄的紙留下她被愛過的印記。

還來不及意識到自己在難過，雅芸已經淚流滿面，最後忍不住在角落啜泣，子庭從她手上看到這張素描畫，用猜也大概知道這素描畫的來歷是什麼，於是伸手搭在雅芸肩膀上安慰著她：

「好啦，既然妳想去找他，那我們就一起回台灣吧！有找有希望，可能他現在狀況比我們猜的好也說不定，沒事的啦，要有信心！」說著說著還遞衛生紙給雅芸。

子庭望著雅芸手上拿著的素描畫開始試圖轉移她的悲傷：

「齁，妳看看這妳男友畫的齁，很好看啊！」

「哪有，明明就很醜。」

「不會啊，畫的有模有樣，妳看看畫的很多細節都有專業水準欸。」

素描大略看過是沒什麼問題，但雅芸的臉若嚴格檢視是有些歪七扭八，外行人看就知道子庭只是為了安慰睜眼說瞎話。

「亂講。」她謙虛的說。

「跟妳說，我交過八任男朋友，沒有一任對我這樣子過喔。可是說來很白癡，有幾任是渣男，我現在如果回台灣，那些渣男如果還活著、還很正常的話，我見到他們也會有些開心，因為我認識的人活著的應該沒剩幾個了。」

穩定情緒後雅芸用著有些紅腫的雙眼望著子庭微笑，感謝她的安慰。

「子庭，謝謝妳。」

「沒事啦！乖！等回去後再帶妳來高雄玩。」

「真的嗎？」

「當然是真的，來我家坐坐！」

「我上次去高雄是高中畢旅吧。」

「都嘛是這樣，我們畢旅就是去台北！」

「那回台灣我把我家整理一下，我也帶妳來台北逛逛！」

但兩人同時想到，全台灣各地歷經颱風還有失序的幾個月，城市很多地方不是積水就是凌亂的雜物樹木堆疊，屍體就更別說了。

雅芸尷尬的改口：「我想逛逛等之後重建好後再說好了，先來我家坐坐就好。」

「OK！」

返鄉——

碼頭上擠滿了從亞洲各地來避難所的年輕人，他們將要返回家鄉執行「種子計畫」任務，曾經搭過的郵輪再次出現，上次因為冬天整個海面結冰船隻無法行駛，才會需要從海參威轉乘飛機到這，現在已是夏天，從堪察加即可直接搭船出發。

UN人員正在一一確認號碼點名。

「四十八號！」

雅芸舉手，起身背起行李開始登船，子庭跟隨其後。

在圍欄旁，瑪姬揮手道別，目送她們倆登船，臨別前還給了她們聯合國內網的ID，可以透過這ID聯絡她。

隨著鳴笛聲，郵輪啟航了。他們向岸上部分的UN人員揮手道別，告別了在堪察加短暫的歲月。船上的年輕人心情五味雜陳，大家對返鄉既期待又怕會受傷害。跟半年前一樣，這次又有著大批的船隻跟登陸艦南下，每艘船載滿物資跟設備，浩浩蕩蕩的出發。

夜晚的海上十分寧靜，不過郵輪上卻十分熱鬧，這次並沒有宵禁還有當初北上時嚴格的規範，年輕人們在甲板上放縱自我，一群越南的女生們將手機插在音響上自告奮勇的開始唱歌炒熱氣氛，馬來西亞、新加坡、印尼的少男少女也加入他們隨歌曲搖擺，語言不通不要緊，快樂就好。

韓國的男女們也準備好節目，女生們甚至將衣服往上捲起露出腰，男生們則是抓瀏海，這是熱舞的起手式，音響播出的音樂是韓團的流行樂，這下無論是哪國的青少年馬上豎起耳朵彷彿找到共同語言，瞬間變成演唱會。

這些流行樂是疫情前大家所喜愛的歌曲，經過斷網數個月後重新聽到這些歌曲讓這些血氣方剛的年輕人陷入瘋狂。

眼前幾位韓國人跳著標準的舞步，台灣人也不甘示弱擠上舞台加入他們的陣列，部分來自中國大陸的年輕人也站上台一起跳舞。這些青少年以前就在學校社團或是外面的舞蹈教室學過這些流行舞，無論是哪裡，這些舞步都是比照韓團 MV 上的步伐來跳，會跳的就上台跳，不會跳的就在台下歡呼，隨著聲光效果，觀眾跟著節拍尖叫，在雅芸身邊的子庭早就沉浸其中隨歌曲搖擺雙手，眼前的一切就像回到以前無憂無慮的日子，像是高中社團的成果發表、大學校園的活動、外面的演場會，大家把這半年受訓的辛勞還有累積已久、受疫情影響的心理壓力一次釋放出來。

這些來自不同國家的十五歲到二十五歲的年輕人正值青春年華，卻碰上人類文明史上最嚴重的災變。原先的人生規劃不分地區，學生們不外乎都是完成學業，要考什麼大學、畢業後要找什麼工作、去哪上班，對世界充滿期待；已經成為社會新鮮人的則是在想要怎麼跳槽、怎麼加薪、怎麼創業、怎麼經營個人品牌，事業才剛起步，也有不少人跟雅芸一樣考當地的公職考試找個鐵飯碗。工作賺錢是大家預想的社會模式，但錢已經失去作用，那過去的工作模式還存在嗎？

在疫情肆虐下，大家的目標變一致：該怎麼防疫、該怎麼生存。

從堪察加離開時大家的目標也一致：該怎麼重建這個世界、該怎麼協助剩下的倖存者跟感染者。

人的一生要多彩多姿，追求功名、財富、權力、地位，這些舊世界觀念已經不存在，若說要透過工作來換取生存，那唯一最好的工作就是加入聯合國主導的重建計畫，聯合國提供你比其他難民還要好的吃穿變成最好的選擇。

經過一夜狂歡，第二天醒來時精神渙散，廣播要大家全數穿好防護服並到寢室進行裝備檢查，UN 人員自己已經穿好防護服在走廊巡視，大家都知道第一批年輕人準備下船登岸了，又要回到以往的備戰狀態，太久沒穿上防護服還有些不習慣。

在每個港口都會分兩梯次進行登陸，第一梯是男生們擔任尖兵，上岸後開始建立營地跟前哨站還會進行清潔工作，確認安全無虞後第二天才輪到女生們上岸。

船艙傳來各國語言的廣播：

「本船預計於標準時間下午五點整抵達日本北海道的函館，請第一梯次的成員務必於下午四點著裝完畢，其他梯次的成員請留在房內不要外出，現在即將進入網路通訊區域……」

大家聽到期盼已久的關鍵字：網路。

船上的 Wi-Fi 已經可以連上網，只是大家都在使用的情況下網速變很慢，在出發前就有告知所有登陸地的網際網路皆已恢復通訊，只是透過衛星漫遊網速多少會有影響。

船艙內時不時傳來手機連上網後跳出訊息通知的聲響，而且一旦手機傳來第一聲通知後就會短短在幾秒內連續跳出各種不同 APP 的通知聲，一連貫的傳出來，每個使用者看到的反應都不同，有人看了驚喜落淚，有人歡呼，有人沮喪憂愁。

雅芸連上網後同樣跳出不少訊息，親戚、大學同學、半生不熟的網路朋友，關心跟問候，區間落在近半年，這段期間國際避難所外的網路逐漸恢復，大家都想知道這世界上還有誰沒被感染，發來訊息的人也不確定現在是否仍健在。但比起這些，現在要知道的第一件事就是找到浩晨跟家人的訊息，若能找到時間近的訊息代表還有些機會，點開來看無奈訊息仍停留在去年斷訊前的最後對話，當時浩晨還在說關於居家隔離的事。

「我要回台灣了！」

「你最近還好嗎？」

雅芸發訊給浩晨卻得不到回應。

她滑動螢幕，只出現無限轉圈圈的重新整理圖示，一直沒有新的訊息，這可能說明浩晨在網路還沒恢復前就已失能甚至已經不在了，這對雅芸來說無疑是個壞消息，跟爸媽還有雅真的訊息也同樣停在被帶走的那天。

僅存的親友只剩中南部的阿姨、舅舅，消息也是兩個月前。

反觀子庭，她十分幸運的聯繫上父親，唯一的家人依然健在。

繼續窮擔心也不是辦法，雅芸將社群媒體上的私訊逐一回覆，點頭之交的朋友也仔細回覆訊息，現在通訊欄裡還沒確診的人真的寥寥無幾，而且還有部分訊息表示現在疫情仍持續，還是有人被感染。

無意間發現 Pinber 也重新上線，跟疫情有關的消息也解除封鎖。雅芸輸入幾串訊息提問關於第四期感染者是否還有機會恢復智力或還有能力存活？

Pinber 給出的答案是第四期感染者由於腦細胞已損毀，無法再恢復記憶，學習能力有限，終生失智。至於是否存活就看感染者體質還有處在的環境，他們仍有〇歲到六歲不等的智商。

這跟 UN 說的沒兩樣，還是說聰明的人都已經變笨了，剩下來的普通人也只能參考 AI 給的答案，可 Pinber 都給這樣的答案了，難道還有其他可能嗎？

登陸函館的次日，換日本女生組別登陸，岸上四處開始出現燃燒所產生的黑煙，就像四處起火一樣。對此船上的人並沒有感到太意外，這是男生清潔組的工作，在營區內的感染者屍體必須被集中火化。

郵輪繼續南下沿著日本列島西側海岸一路前進，經過幾天的航行到了釜山，稍作修整後向上海出發。據日韓登陸的 UN 人員回報，岸上狀況比半年前還要混亂，尚倖存的民眾處在營養不良、缺乏藥品的狀況，感染者的屍體散落在市區各處，雖然當地政府在過去半年已經慢慢開始重新運作，但市區充斥遊蕩的感染者，倖存者人力缺乏，導致各種疾病在蔓延，到現在還有近期確診的案例。

經過上海後下一個就是基隆了，台灣人各自在房間裡收拾行李，雅芸將包包裡的素描畫取出看了一會，她下定決心，無論浩晨生死，一定要找到他。

海平面出現陸地，已經可以看到基隆嶼。男生們整裝開始離船，透過一旁的登陸艦接應開始登陸基隆。

傍晚從船艙望去岸邊已陸續出現燈火，營地慢慢被建立起來。

察看手機訊息，無奈只有零星幾個國高中同學回覆，他們說目前南台灣嚴重缺水、不少人已經擠到北部來，公發的罐頭食物大概都消耗殆盡了，倖存者在山坡地自給自足，台灣不少山莊已經成為各自的避難所，部分電力已經恢復。除了這些資訊外，其他細節狀況在堪察加的時候就已簡報過。

終於輪到女生組登陸，登陸艦靠近郵輪將台灣女生們接應，並駛向基隆港，厚重的防護服互相擠在一起，就像去年那樣的不方便，有點窒息。

海鳥拍打翅膀在岸邊著陸，船隻靠港，穿著防護服的人員小心翼翼踏上碼頭，岸上慢慢出現在地的難民……

行駛不久艙門打開，看到熟悉的柏油路面跟水泥建築，半年後再次踏上台灣故土。雅芸目光望向岸上，出現一些穿著防護服的民眾開始呼朋引伴的接近，向船上下來的人揮手，他們想跟自己的寶貝孩子或親友相見。

突然聽到手機鈴聲，子庭低下頭發現是她的在響，於是將手收進防護衣內側東抓西抓終於抓到手機就在防護服裡講電話，原來從高雄北上的爸爸來找她，不久她爸小跑步來與子庭隔著圍欄相見。

子庭興奮的隔著圍欄向他打招呼揮手，此刻恨不得抱在一起，但現在這些隨UN人員來的年輕人還有任務在身，暫時無法讓他們重逢，還有一些人是跟雅芸一樣沒人來接應的，這些人的親友有些半年前曾送他們來基隆港，半年後的今天人卻沒出席，大概是這段期間染疫了。而這些消息早在北海道那裡連上網路時就知道了。

雅芸看了相當羨慕，她望向不遠處的基隆港務局，那是跟浩晨待過最後一個地方……

給她們聚親的時間不多，其他UN洋人人員提醒她們趕緊上車，準備出發到下一個地方。

一群人坐上車後，沿途破敗的每個街角都有清潔組跟維安組男生們的身影，無論是噴灑消毒劑，還是從建築內拖出屍體並焚燒，他們加緊腳步清潔基隆港營地周圍的衛生，維安組的男生們手持裝著橡膠彈的步槍在一旁戒備。

她們被帶到岸邊一所學校，這裡看起來以前是大專院校，有很多教室還有學生宿舍，這裡就是UN在這裡的基地。

不得不佩服UN的執行速度很快，先是跟本地的民間團體取得聯繫，最後一起合力將場地給弄出來。

在準備前往安排的寢室之際，一台公車載了幾名被戴上口罩與手銬的感染者下車，清潔組不敢掉以輕心，帶這些走路搖晃、語無倫次的感染者進入了一間被特殊材質布層層包覆的教學大樓，他們剛剛搭過的公車馬上被其他清潔組進入消毒。

雅芸身旁的女教員們都不禁停下腳步轉頭看了感染者們，這就是以後她們要面對的對象。

這時一位清潔組的男生組長領著女生們來到學生宿舍，走進大門，這裡已經架好了消毒門，每人排隊將從頭到腳的防護衣跟行李都消毒完畢後才可以進入，但不能脫掉防護服，這是怕蚊蟲叮咬會傳染，在堪察加生活許久的大家都忘記有蚊子這回事，還有些不習慣。

等大家都完成消毒程序後，女生們背著行李往上樓層走，這感覺就像大一新生入學時候準備住宿的感覺。放眼四周，每間寢室大門敞開，裡面的衣櫃、窗戶也都是開啟狀態，還可以看到幾位大概是國中年紀的男生在幫忙打掃。

組長將這群女生們集合起來，說明將按照在堪察加的座號依序分配寢室，這棟女生宿舍是近期才被徵收的，昨晚已全面消毒過，裡面還有很多疫情前學生帶不走的個人物品，除了被開過的瓶罐類化妝品、貼身衣物等已被移除外，剩下的東西可以任意使用。

大家對這樣占為己有的行為已經見怪不怪，半年前還在台灣時大家都是這樣生活的，因為很多時候，發現的物品原主人通常已經染疫或過世了。宿舍一間四張床，雅芸跟子庭又多了兩名室友；五〇號、五十一號兩位高中生。

組長說原本是要直接徵收隔壁校外那幾棟出租單人套房方便大家有自己的空間，在防疫上也比較安全，不過昨天他們去清理時蠻多感染者屍體來不及清，只有學校的宿舍沒發現屍體。組長說完後表示他要先去忙其他事，就先行離開。

五〇號透露，那位組長是清潔組的總指揮，因為疫情前是做葬儀社的；至於維安組的總指揮以前是志願役，其組裡成員疫情前都服過兵役。

看來整個種子計畫的成員工作項目都是被安排好的。

「欸，Pinber 說病毒傳染力半年後可能還會有。」五十一號拿著手機說。

「我真的受不了，你問它種子計畫要多久？」五〇號翻著白眼說。

「嗯……它不理我了。」

從她們倆的對話得知，Pinber 現在仍受監管，任何跟聯合國有關的計畫都還是不能透露。

「我爸說，病毒還在傳染，我們在堪察加的時候又有很多人在台灣被感染了。」子庭邊整理東西邊回應五〇號。

「難怪，有些人說回台灣之後家人就失聯。」

「看起來還是很多人沒挺過。」

當兩位高中生還在猜測這些寢室內的遺留物的主人會是怎樣的人時，子庭拿出剛剛收到的班表，是周休二日輪休，但休假期間不得離開營區。管的還真多，即使有家人也無法跟他們團聚，還是因為安全問題——為了防疫。

但對雅芸來說，現在最掛心的就是浩晨，她想再回到台北那間藏身處尋找他的蹤跡。

在女生宿舍旁不遠處看到幾名洋人長官抵達，他們在行政大樓設立指揮部，一切都如計畫進行著。

在第一天的簡報中，雅芸得知維安組會跟清潔組外出巡邏，在給建築消毒清理屍體時難免會遇到主動來接觸的倖存者，指揮部要求他們別隨意接觸，因為他們眼前的任務是要訓練感染者恢復記憶跟學習能力，不是要救助倖存者。若他們死纏爛打要食物之類的就要靠維安組動用武力用橡膠彈驅離。

這樣的做法也讓大家心中充滿矛盾，回台灣是要幫助其他難民，但現在聯合國的做法是要選擇性幫助，給的說法是要把有限的資源集中在最需要幫助的人身上。

「他們想要一個教育成功的案例！」子庭在與五〇號、五十一號的討論中給了這結論，並繼續說：「意思就是既然病毒不會消失，那只要能讓感染之後退化的腦袋重新恢復運作，只要失智症可以用教育搭配藥物來改善，那就算被感染至少還有辦法恢復。」

「要是沒辦法呢？」五十一號問。

「那我也不知道。」子庭聳聳肩。

這樣說也有道理，聯合國他們大概也沒能力救助全世界的人吧？又不像以前小區域衝突還可以救一些難民，全世界大部分都變災區了，也不知要從何救起。

次日早上負責輪值打飯的女生們將餐車推來，逐一的送到各寢室。值日生被取了綽號叫「空姐」，因為她們送的餐跟飛機上的加熱食物沒兩樣，這些餐點他們在海上吃了好幾天，還有部分的食物是在堪察加就吃膩的東西。

五〇號拿著加熱的麵包在書桌前拿起又放下，沒什麼食慾。

「我以為回台灣至少可以換口味，怎麼又是這些東西。」

雅芸在一旁默默的吃著，心想這些高中生真不知好歹，有東西吃就該偷笑了，看看外面的難民現在還吃不飽。

今天就是當正式教員的第一天，不同於堪察加的實習，在當地只有捕獲幾位俄羅斯感染者，實習時下的指令只能用簡單幾句俄文，現在是第一次面對台灣的感染者。

沒多久，清理組又從巴士運來幾位感染者，這些確診半年以上的人已經滿頭亂髮、鬍渣，就算他們的親友還在也不敢貿然接近他們，怕被傳染。

在行政大樓前指揮官找了基隆在地的民代一起走進建築，大概是要討論要收容多少感染者。

目前在台灣的情況是，地方政府零星還有在運作，多半是民間的人士自願挺身而出來處理事情，原本政府機關的公務員幾乎都染疫，有的可能已經死了，中央政府成員也差不多如此，這些政府機關空缺就由普通百姓來遞補。雖然有組織運作，可沒有法律跟強制力，路上成堆的感染者四處遊蕩也無法可管。

狗吠聲頻頻響起，感染者被綁在椅子上做 PCR，因為鼻腔不舒服他們會左右掙扎，清潔組牽著幾隻狗在感染者身上反覆嗅聞確認。

維安組會按壓住他們的身體，等做完 PCR 後，篩檢了幾位已失去傳染力的感染者，五〇號、五十一號等長照組的女生們首先會對感染者進行除毛還有幫他們沖澡，一旁還有維安組的男生們戒備，這些感染者在淋浴間嘶吼著，有些沒有原因有些是因為水溫過冷或過熱，並非長照員不願幫他們調整水溫，只是語言無法溝通。餵他們吃完飯後又餵抗失智的新藥。

這些被清潔組蒐集來的感染者之中，透過 PCR 採檢只有四成的機會是無傳染力的，剩餘還有傳染力的則是將他們送上基隆嶼隔離，簡單來說，他們被放逐在野外，繼續吃著野草維生，只有少部分傳染力較低的則是留在學校裡隔離。

「我們沒有餘力救所有人，如果我們像以前想救所有人就會出現以前發生過的悲劇。」

根據UN人員的說法，無限制收容感染者最後就會重演安樂死滅絕營的慘況。

看這些長照組的高中生小女生們每個都面有難色的跟感染者們周旋，雅芸跟子庭不禁慶幸自己是教員組，這些年紀小的女生們大多都分配去長照組了。

緊接著，每個教員都會負責一位感染者進行個別教學。第一步便是要馴服，雅芸被分到一位女感染者，就跟訓練時差不多，先是將食物拿在手上引誘感染者，然後下指令，感染者若達成指令即可獲得獎勵，旁邊有其他相關人員觀摩與一位拿鎮靜劑的維安待命。

「坐下！」那位感染者聽到雅芸的命令仍呆呆張嘴，漫無目的從口中發出聲響，這是雅芸第一次在感染者沒有穿防護服的情況下與其接觸，難免有些不習慣。

「坐下在這邊才有！」雅芸拿著一顆巧克力藏在自己身後並用手示意對方坐下，那位感染者看到手勢似乎有點搞懂意思，急躁的原地坐下，眼神緊盯雅芸身後所藏的東西，隨後那位感染者領取了她應有的獎勵。

就這樣經過兩天的訓練，從原地坐下、坐到椅子上、穿脫衣服、上廁所，費盡很多心思，勉強讓感染者恢復到五歲孩子的生活水準。聽子庭說她隔壁教室的教員輔導對象是位二十五歲的男性，對方因為不喜歡上課竟然惱羞成怒毆打教員，好在一旁的維安組馬上注射鎮靜劑才緩和。在過去特教班的教範並沒有特別提到智障患者的攻擊行為應對。

就在子庭說完沒多久，大家就收到關於感染者攻擊時候的應對方法，這可能是CSD.1.7的後遺症，管控情緒部分的腦細胞損壞所致。

「我累了……」回到寢室，子庭披頭就攤坐在椅子上：「我跟妳說，我寧可上學，每天考試交報告也不想當老師。」

「我看我們也只是比長照組再輕鬆點而已。」雅芸深有同感的說著。

「啊對了，我明天一早還得起來當空姐，我的天……」

五〇號跟五十一號不在寢室，她們現在應該還在跟那些感染者奮戰，而且每個感染者都要有長照組二十四小時輪班看守，打開窗戶還隱約聽到感染者宿舍傳來一些鬼吼鬼叫的聲音。

「對了，後天我看了班表，有空檔白天能外出。」

雅芸一時無法理解子庭想表示什麼：「什麼意思？」

「妳不是想要去找妳男友嗎？妳說的那個在台北的藏身處。後天維安組我看班表他們早上十一點有一個二十分鐘空檔，我們比較好外出。」

「外出？去台北？」

「對啊，我們開車去。」

雅芸聽起來像是開玩笑，但聽子庭的語氣似乎她可以搞出什麼名堂。

「我們哪來的車？而且我還沒考汽車駕照。」

「這妳別擔心，我有駕照，停車場那裡一堆軍車，清潔組他們都沒在拔鑰匙，輪流在開的，且維安組他們只管進不管出，這我今天剛剛打聽到的。」

聽到這裡雅芸還是有疑慮：「可是要外出找其他感染者，就要配維安組跟清潔組……」

「如果妳要找他也只剩這機會，後面的班都滿的，維安組的空檔我們也不知道會不會有，趁現在剛來的前幾天情況都還很混亂的時候比較有機會。」

聽子庭說到這裡，雅芸有些猶豫了，明明心裡是希望趕快尋找浩晨的蹤跡，卻又不想這麼快面對現實。

浩晨還在那裡嗎？如果還在他會變成什麼樣？如果他死了那屍體早就腐爛，如果是最糟的結果那還倒不如永遠別找到浩晨……

「可是這樣太麻煩妳了，這麼冒險的事情這怎麼好意思。」

「不會啦，我看妳在俄羅斯的時候整天掛念這件事，不管他現在是怎樣，至少有去找過，就算沒找到還是怎樣的，至少該做都做了，沒遺憾比較好。」

這時的感覺好像角色互換，子庭變成大姊姊安慰小妹妹的狀態。

「那如果被聯合國那些人發現也會害妳被處罰。」

「處罰？嘖，那就把我開除吧，反正我也吃膩了這裡的加熱食物，我回去找我爸一起種種田養自己吧，我就賭他們不敢。」子庭這時又變回小孩子脾氣的屁孩樣說著。

現在情況就如子庭所講的，機會可能只有這次，保守估計下次可能得到幾個月後，創立類似安養中心的機構，一切穩定下來後，才可能有機會進到台北。現在雖說時間已經過這麼久了，是生是死大概結果已註定，但如果浩晨還活著，那也許還有機會救他。

子庭的計畫是利用後天兩人休假，上午十一點藉著防護服的掩飾下開車離營，下午三點清潔組長在廟口夜市那執勤，只要順便去載他，就說是接到訊息說要來支援，一切都會很合理，然後再一起通過維安組的哨回營。反正目前營區內還有些混亂，這四小時的時間夠往返台北。前提是中途最好別遇上道路不通，出發前還要檢查油箱。

早晨，子庭的鬧鐘響起，她打著呵欠，不甘願的起床，因為她得提早去當「空姐」，雅芸動作比她快，拍了她肩膀：「妳繼續休息，我今天吃妳的班。」

「真假?!」子庭還有點狀況外，不過她的睡意還沒散，聽到有人幫忙她又倒頭繼續睡。

雅芸跟著其他值日生到校內的學生活動中心取出成箱的餐點，這些物資都是從堪察加或海參崴一起來的，但這讓雅芸不禁懷疑物資若還靠北方千里迢迢供給，那又該如何長期維持這裡的運作？

她跟著其他值日生分裝食物，開始微波加熱，接著推著餐車到各指定樓層跟寢室送餐。

當她送到校長室時，裡面正坐著幾位UN人員還有些看起來像教授學者的人，東西方面孔都有，他們在視訊會議，那位洋人指揮官餘光看到值日生來送早餐，簡單示意了下可以進來擺放餐點。

他們用英文溝通，雅芸在送餐的同時也大概聽到他們在討論種子計畫在歐洲、美洲好像進展不順利，具體細節都是英文，實在聽不懂，但從他們表情跟有些嚴肅的面容來看，討論的內容可能偏向稍微負面的。

早上的課程比昨天輕鬆不少，已經不必繼續像訓練猴子或狗那樣做指令動作，現在進入下個階段課程：基本的積木訓練，可能是新藥發揮作用的關係，感染者將積木放入相應的形狀內，經幾輪測試後他們已經可以放入正確位置，對其他教具跟玩具也有興趣會主動去把玩。

只要滿足他們最基本吃飯的生理需求，他們就會願意學習，一切看似都在好轉，但最終感染者無論當天學習多少，第二天就會忘記。課堂間休息時間，雅芸就會陷入發呆的狀態，想著明天的行動就忐忑不安，看著眼前不會說話的感染者，想必浩晨也經歷過這段。

下課時間結束，雅芸回到課堂，眼前這名感染者看起來年約三十歲，被感染前她還正常的時候應該是一位漂亮的女生，就跟街上看到打扮時髦會化妝的女生一樣有著豐富的生活，現在就是一位整天傻笑流口水，被剃成平頭失去原有光彩的女性。

也許透過訓練可以恢復一些記憶，但應該無法回到以往的她。

失去與尋回——

時候到了，第二天早上柵欄門口依然有零星民眾在管制區外東張西望。

維安組一如往常對民眾柔性驅趕，子庭見時機成熟，要雅芸一起換上防護服，她們倆提著清潔組的工具箱朝一輛軍車走去。她提醒雅芸走路步伐要大，要像個男生，那樣才比較不會被發現，不然兩人個子小，其實已經有點危險。

不過營區內繁忙，並沒有人太注意她們。就這樣，她們光天化日之下摸到了軍車旁，子庭神色沉穩，雅芸則是提心吊膽、左顧右盼，這些偷偷摸摸的行為自己不曾做過，她覺得是自己一定是被子庭這個調皮小妹給帶壞了。

拉開車門，子庭嬌小的身子進入駕駛座，雅芸確認沒人看到後也坐進副駕駛，果真就跟預料的一樣，車鑰匙留在座位上，這位調皮的小妹踩上煞車踏板打好檔，車子的引擎轟轟作響開始運轉。

「耶！」子庭興奮的喊著。

這天不怕地不怕的孩子真不知哪來的勇氣認為這是對的事情。

據子庭說她高中畢業後就去考駕照了，平常在高雄老家她還會幫爸爸開小貨車，有時幫忙家裡送貨，若不是知道她過去的經歷，還以為就只是愛玩的大學生罷了。

車輛緩緩駛向門口，經過的 UN 人員絲毫沒察覺異樣，他們見有車輛來紛紛讓道，管制哨打開門前方還有幾個維安組開道來驅離試圖接近或湊熱鬧的民眾。

兩位冒險的小女生穿戴防護服在車裡不為所動，雅芸一再告訴自己如果被問到就說是收到消息幫忙清潔組的，不斷在心裡覆誦這編造的應答。

好在這套說詞沒有派上用場就這樣開上路了，但下個難題又浮現，沿途都是 UN 士兵跟維安組街角站崗巡邏，還有清潔組正跟當地民代官員比手畫腳確認哪處可能有感染者屍體。

子庭放慢速度邊開車邊看哪裡有空檔可以繞過這些巡邏的人員。

「那裡！」雅芸指著一處無人看守的小徑。

子庭打開手機地圖看了下，放大看是可以接到主要幹道，但若中途遇到巡邏人員攔下那可就麻煩了。

「好吧，那就賭賭看！」子庭重新打檔轉了彎往小徑開去。

這條小徑說小也不小，道路兩側部分建築門口有被噴漆做記號，這說明UN人員這幾天有來過，他們第一批偵察隊會把發現屍體的建築噴一個紅圈並寫上屍體數量，待清潔組過來收屍後又會畫上一個綠色的圈，等全部消毒完內部空間後又會再畫一個綠色的叉。這條小路上三種記號都畫完了，現在只希望別出現任何人來攔車。

從導航上看到子庭設了目的地的局部線路圖，雅芸沒多問，只以為她設台北某處，沒過多久導航上目的地已經抵達，但她們還沒出基隆。

子庭將車停在路旁，一位穿著防護服又背後背包的平民男子向車子緩緩走來，是子庭她爸。

原來這次離營子庭也有自己的安排，就是見爸爸，子庭搖下車窗從口袋拿出幾包口糧跟罐頭交給爸爸：

「我不能帶包包出來，只能抓幾個。」

她爸接下東西塞進包裡：「虧我還把包包背出來。」

「爸，你就別抱怨了，我現在是冒著危險跑出來的。」

話還沒說完，雅芸就從後照鏡發現不遠處就出現UN車隊向這駛來。

「小心！」雅芸提醒著。

子庭父女倆一陣驚慌，趕緊將手中的物品藏好。

「我來拖住他們，妳們趕快走。」

子庭將目光又回到方向盤：

「好，你就說你需要救濟品。」說完她踩了油門，不慌不忙的駛離這裡，從後照鏡可以看到她爸把後方車隊給攔下伸手要東西，試圖不讓車隊察覺雅芸這輛車有異。

雅芸目瞪口呆，子庭偷車就算了，還偷營區的東西到外面！

「地址呢？」

「什麼？」雅芸一時沒回神。

「妳男友住的地址啊？就是妳說的那個藏身處。」

「等等，我找找。」

雅芸將手機設好導航後開始領著路。

「導航要我們走國道。」

「好，知道了！」子庭一臉輕鬆繼續駕車。

眼看路上空蕩蕩無人煙，路旁的芒草隨海風飄逸顯得荒涼，偶爾會出現一些衣衫不整的感染者在道路中央行屍走肉的遊蕩或是在路邊啃食野草，這景象就算過了半年仍會見到，只是數量沒去年這麼多了。見此景象仍令雅芸有些不安，也代表她們駛入了UN

人員尚未抵達的地方，車速不能太快，遇到感染者還得閃避。

「清潔組出來外面通常要有維安組拿步槍在旁邊跟，我們這樣手無寸鐵直接出來會不會太危險？」

「安啦，我清潔箱裡面有裝甩棍跟手槍還有兩罐辣椒水。」子庭自豪的說。

「手槍?!」

「就是橡膠彈啦，我總不可能幹走他們的步槍吧。」

雅芸從清潔箱取出手槍並拉了滑套檢視，關於射擊訓練跟近戰防禦的知識她們已經在堪察加學習過了，這些是用來驅離民眾、第三期狂暴感染者，自衛用的。

「靠左側，上閘道。」手機導航傳來指示聲響。

「齁！我多久沒聽到這聲音了，好感動！」子庭興奮喊著。

回想起來，網路斷訊後自然也就沒導航了，在這荒郊野外還有感染者環繞的環境裡總算聽到來自文明的聲音。

兩人沿著國道三號進入台北，幸運的是高速公路上暢行無阻，連個感染者身影都沒有，筆直的道路讓子庭開得心情特別好，但一旁的雅芸除了緊盯導航外，越是離目的地越近，心情就越是複雜。這條道路是離開台灣前跟浩晨一起騎單車的路，最後一次跟浩晨在一起的那條路，那次是往海邊走，這次雅芸回來了，坐著車往反方向前近。

導航指示下交流道，剛在高速公路上看到林立的建築還不覺得有什麼不對勁，下來後又看到半年前的那種破敗感，淤泥樹枝倒在路上、泡水車與機車堆疊散落在馬路各處，有時樹枝跟廢棄車輛間會摻雜幾具出現骨頭的腐屍，她們所駕駛的軍車輪胎已沾黏不少泥濘。這座城市自上次颱風後就保持這樣一直到今天，唯一不同的是人行道的縫隙已長出小草，部分路樹的樹根已撐破路面的磚頭，散落的屍骸表面也長上了一點綠綠的青苔，大自然正一點點的慢慢取代人類生活過的地方，原以為在城市裡會有很多遊蕩的感染者，到了才發現這裡一個人的蹤影都沒有。

子庭對於這樣的場景見怪不怪，她說在高雄市區也差不多這樣。

一陣晃動輾到地上的異物，壓上凸起的人行道。

「啊呀抱歉，我很久沒開車了。」子庭尷尬的說了下：「跟妳說，台北的交通真的很亂，一下單行道、一下不能迴轉，還好現在沒警察，不然我早就違規逆向好幾次了！」

對子庭來說，台北是座陌生的城市，可以這樣隨意談論著，但對雅芸來說每個殘破不堪的街角或是人行道、商店都是她曾在這裡生活的回憶。包括跟媽媽逛過的街道、兒時跟雅真一起騎過的自行車道、高中時候常去買的點心店、去補習班總會走的道路，現在回憶著這些景象，就像半世紀前這麼久遠。

「向右轉，向左轉，目的地在您的右前方。」手機導航指示著。

雅芸知道這裡就是藏身處附近，這些地方她曾跟浩晨一起走過，他們曾在這一起拿著當天少許的收穫，滿足的一起回藏身處。

「就是這裡！」雅芸告訴子庭在此停車。

車子熄火後開門下車，周圍異常的寧靜，那殘破不堪的商辦大樓門口讓雅芸十分緊張。

子庭拿著手槍又遞上甩棍給她，用眼神示意保持警戒。

玻璃門與一樓大廳充滿水漬，部分淤泥部分黃沙。

「這就是你們待過的地方？」子庭拿手電筒照著四周。

「對。」

「這整個都發霉了。」

雅芸小心翼翼的爬上樓，子庭緊跟在後，熟悉的樓梯，裡面布滿灰塵，她拍拍雅芸手臂，眼神又望向雅芸手中的甩棍，暗示著若遇到危險，無論眼前是誰都要防禦甚至是擊退對方……

雅芸點了點頭，明白這道理，視線回到前方，她緩緩推開他們曾相處過的辦公室，一些蒼蠅隨之飛出，且所見之處盡是各種雜物，這說明室內可能有感染者或是屍體，若在沒有防護服的情況下應該可以聞到惡臭。浩晨的個人物品跟包包都還在，四周都有人生活過的痕跡，地上多了很多垃圾，包括長效罐頭的空罐。還記得離開這裡的時候罐頭儲存量還有三個月，扣掉雅芸的分量應該夠一人吃半年，但現在已經過半年以上，浩晨應該是離開這裡了？此外地上還有不明紙屑、拆過的零食包裝、餅乾包裝，甚至還有穢物……這就是蒼蠅為何很多的緣故。

奇怪的是外頭明明是晴天，辦公室的採光卻不如以往，反而很昏暗，走進玻璃窗那邊發現窗面上貼滿了各種素描畫，她取下這些畫，外頭的陽光打進來照在牆面，赫然發現整個辦公室牆上也都是素描畫。子庭隨手拿下一張又望向雅芸，這素描畫的不就是雅芸嗎?!上面有著她讀書、做數獨、吃東西、露天淋雨等各種從浩晨視角裡看她的畫面，記錄著彼此相處的一切……

雅芸拿起其中一幅素描畫，上面的筆畫勾勒的如此細緻，可越往裡面，牆面上的作品，上面的筆畫跟繪畫技術越來越粗糙，雅芸的臉也越畫越醜，接著又是越來越模糊……到最後幾幅作品已經只剩簡單的線條，人物少了五官，這代表浩晨當時已經進入第三期……

一旁有動靜！似乎有人踩到地上雜物發出聲響，兩位女孩轉身望去，子庭舉起手槍對準目標，看到瘦骨如柴的男子在地上奄奄一息，衣褲充滿穢物，嘴巴發出微弱的聲音，他滿臉鬍渣還有一頭亂髮，有著跟外面的感染者差不多的外表，是浩晨！雅芸喜極而泣，趕緊扶他起來，將身上的飲水遞給他，浩晨消瘦的臉頰已快看不出原有的樣貌。

他居然還活著！很難想像這半年他到底經歷了什麼！

「雅芸……」

浩晨微弱講出這兩字。

兩位女孩相當驚訝。

「他不是被感染半年了嗎？為什麼記得妳的名字？」子庭難以置信。

「你叫什麼名字?!」雅芸試探性的問他。

浩晨只說：「餓……吃……」

雅芸慌忙拿出包包裡的一包餅乾，浩晨立刻開始狼吞虎嚥吃她們給的食物。

雅芸再看手中的素描，也許是他藉由不斷反覆作畫去思念某人，到最後畫作上的女主角成為他最後的記憶。浩晨送給她的第一份禮物也是畫像，如今自己名字都忘記了，卻還記得雅芸，他在失智前最不想忘記的人就是雅芸……

還記得浩晨在送她生日禮物時說道：「我只畫下這世界上，美麗的，值得我畫的。」

她擁抱著浩晨，再也忍不住心中的思念而嚎啕大哭，心疼他怎會變得如此狼狽。浩晨則面無表情，眼神空洞的繼續吃著餅乾，口水緩緩從嘴角流下。

「沒事了……都沒事了……」雅芸抱著他哭著，就像媽媽安撫小孩那樣。

雅芸用手撫摸他的背部，曾經寬大的肩膀明顯消瘦，兩側的手腕也縮水了。在一旁的桌角下還有吃剩的果皮，連原本在樓上的木瓜、番茄株都挖起來用大花盆裝著放在這裡，大部分也已經枯萎。種種跡象說明浩晨在退化前已安排好一切，他知道自己有天會忘記頂樓有植栽這件事，於是提前將盆栽拿到這裡，室內也綁著各種顏色的棉線，這些大概是在提醒他生活必需品擺放的位置。

這些方法曾聽堪察加的倖存者分享過，也曾見到其他感染者這樣規劃過，居然也在浩晨身上發現同樣的方法。

雅芸一把鼻涕一把眼淚，都落在防護面罩裡，掉著淚水，不在意臉上的醜態還有淚水滑過的不適，她哭著哭著就笑了，真的太好了，他還活著。

還不是可以感性的時候，子庭提醒雅芸：

「現在妳打算怎麼做？帶他回基隆本部？」

「對，我要帶他回去。」

「如果帶他回去，PCR 沒過，他會被送到基隆嶼，這妳知道齁？」

「我知道，如果他 PCR 沒過，那我就帶他離開，大不了我陪他到基隆嶼，現在不帶他走，他可能撐不了多久……」

原訂三點要去基隆廟口接清潔組組長來圓謊，但這個計畫最後沒執行，因為下午兩點多那輛軍車就已回到營區。

清潔組的幾個人幫整個車體消毒，心裡很不是滋味，因為他們被責備沒有把車鑰匙管理好被人家偷開出去。

在營區裡的指揮部，同樣也有人被責備。

雅芸與子庭稍息立正站好，一位 UN 洋人長官用英文訓斥著，也不管兩位女生是否聽懂。

「妳們怎麼這麼敢？妳們不知道外面多危險？沒有命令怎麼可以擅自用公用車？這是UN的財產不是妳們的東西！」

兩位女生只是繼續站著。

「對不起長官！我們不會再犯！」雅芸沉穩的說著。

「以妳們現在的所作所為我有資格把妳們立刻開除，妳們根本搞不清楚現在的狀況。」

這時一位UN女洋人進來表示要雅芸跟子庭去見指揮官。

那位UN長官停下他的怒火，揮揮手要她們去報到。

在那位 UN 女洋人的引領下她們走向樓上的校長室，雅芸有些慚愧，現在害的子庭要一起被處罰。

「欸，要是真的被開除，妳確定就要去高雄？」

「嗯，對呀，不然我爸在基隆待不習慣，現在他還睡在車上。」

「睡車上？」

「他從高雄開車上來啊，也沒地方給他住，現在汽油大概只剩最後一趟可以開回去，如果我真的待不下去我就跟我爸回我們家的田種東西，妳要來也可以。」

子庭說著輕鬆，看她的態度大概可以猜出以前在國高中應該蠻常被師長處罰的，對各種被罵的場面完全不會怕。

UN女洋人敲了敲門，領著她們進入校長室，指揮官面表嚴肅但實際上對兩位沒有惡意，只是請她們坐下。指揮官看著電腦螢幕，畫面是監控攝影連線，浩晨正坐在一個房間內被其他UN人員問話。

「說英語嗎？」

指揮官用英文問著兩位，雅芸跟子庭眼神透露出英文不是很厲害的意思。指揮官並沒有為難，馬上打了通室內電話，接通後指揮官示意她們拿起辦公桌上其他的室內電話，話筒裡就是翻譯。

她們接起電話聽著，指揮官目光回到電腦螢幕。

「妳們帶回來的患者，PCR初步確認沒有傳染力，這相當幸運，不過還是要觀察幾天，更重要的是根據妳們報告說他會講話？」

「是的，指揮官，他會說話。」雅芸知道這裡可能是唯一拯救浩晨的地方，對長官態度要壓低姿態。

「他說了什麼？」

「我的名字，還有吃、餓，兩個詞。」

「那你們兩個關係是？」

「報告指揮官，我們是男女朋友。」

「交往多久？」

「大概兩個月，我們在疫情期間交往，先前大概認識一年多。」

指揮官看著螢幕點點頭。

「要知道，妳們兩個今天的所證之詞必須是屬實，因為這很重要。」

指揮官並沒有刁難，只是要她們承諾日後不得再私自行動，便讓她們回去休息，然後反射動作的把話筒拿起來噴酒精消毒。

從螢幕上看到浩晨在幾名UN人員的注視下正大口抓著碗裡的食物塞進嘴裡，雅芸目光直到離開校長室最後一刻都無法離開螢幕。

撤退——

「聽說妳們幹了些好事？」

清潔組組長調侃著她們，子庭對他皺個鬼臉，目光轉回到雅芸身上。

「欸！恭喜喔，至少聽起來妳男友被同意收留了。」

雅芸面容上多了些開心的色彩，這大概是近一年來聽到過最好的消息。

「其實，我在妳男友那棟大樓裡面還發現一樣東西我沒上繳。」

回到房間，子庭小聲說著，但表情看得出有些猶豫是否該說出。

「是什麼東西？該不會又是我的畫像？」

子庭沒回答，只是默默掏出一張 SD 卡。

原來，她在雅芸跟浩晨重逢之餘意外發現桌上有單眼相機，同為疫情期間的過來人，子庭知道單眼相機是染疫者開始忘了怎麼寫字時留下遺言的方式之一。

「放心，我有消毒過。不確定裡面有什麼，妳想打開來看嗎？」

雅芸二話不說，馬上把 SD 卡插入自己手機，毫無疑問，裡頭只有一段浩晨錄製的自拍影片。

「我叫徐浩晨，已經確診了，該來的還是得來……我在一家 3C 用品店找到這台相機，想要記錄一下還沒失智的我……」畫面中的浩晨眼神飄忽，有點想掩飾自己的憂傷。

「那……我今年二十二歲，我家在桃園，地址是……」他想了想又苦笑改口：「算了，不重要……我的家人可能也不在了，現在只剩我一個人，我也不知道這影片會不會有人看到……好，不能這麼說，因為至少你已經正在看這部影片……」

雅芸摀著嘴，感到十分不捨。

「等你看到這部影片的時候，我可能已經失智或是死了，嘖……如果我現在還活著，希望我現在失態的模樣不會嚇到你，如果我死了，你有發現我的屍體的話……那就抱歉了，也會嚇到你……就……可以的話，幫我找個地方埋了就好。」

浩晨停頓了下，繼續說：「我實在想不到要說什麼，可能也沒人會認識我，在這世界上……我唯一在意的人就是我的女朋友，她是我最愛的人……她搭了聯合國的接駁船離開台灣去避難所，我不知道那是去哪，也許你會知道？我希望她在那過得好好的，平安度過這次的危機，至於她叫什麼名字……我想，我就保密好了哈哈……」

浩晨搔搔頭，又重新面對鏡頭。

「因為我不想讓她看到我現在這個樣子……嘖，但是如果這個影片有天被她看到了……那我要說……」

這次浩晨停頓的秒數比前面還久很多。畫面靜默，兩位女孩沒有想按快轉的打算，等著他下一秒想說什麼。看著畫面中的浩晨撐著頭有些焦慮的模樣，雅芸將目光移開，心中十分不忍……一分鐘後，畫面總算有新的動靜。

浩晨調整好自己坐姿，認真的望向鏡頭：

「林雅芸。」

她聽到自己的名字後直覺的又將目光移回螢幕上。

「我愛妳。」

說完，浩晨給了一個微笑然後伸手至鏡頭前按下結束錄影的按鈕，影片到這裡結束。

雅芸泣不成聲，巴不得現在立刻衝到浩晨所在的寢室好好抱抱他，這傢伙怎麼可以這麼的天真，居然把最後的影像遺言都留給了雅芸……

若要幫浩晨，那就得先在聯合國這服務，做好該做的事，這是雅芸當前唯一能做的。

「一，這是一，二，這是二，一加一等於多少？」雅芸比畫著動作，對著眼前的女感染者耐心的教學，但對方無動於衷，顯得十分不耐煩，在一番折騰後對方終於拿起二號字卡，光是這一步就必須耗費一小時，感染者才會明白加法。在此之前，他們還得耗費一小時認阿拉伯數字，一天教學下來，到了下午感染者們大多都學會了十以內的加法也能拿出相應的字卡，1＋3＝4、2＋4＝6、5＋3＝8，學到這裡已經是他們的極限。因為只要他們晚上睡著，第二天一切歸零，昨日的學習彷彿沒有發生過，目前在歐美的情況也一樣，搭配不同藥物來輔助最多只能提升一天的學習進度，但終究無法累積所學。

教員們對日復一日的教學感到倦怠，原本一對一的教學隨著通過PCR的感染者越來越多被收容進來，現在變成一對二，更加棘手，五〇號、五十一號每次回來寢室都倒頭就睡，她們長照組又是另一個地獄。

今天是浩晨解除隔離的第一天，他已被剃毛只剩平頭，那些鬍渣亂髮也跟著被剃光。不同於其他人，他是給一位資深教員進行馴服作業，且他與其他感染者不同的是，他聽得懂人話，從最一開始的放積木再到拿指定物品，所有指令不用一兩次就能達成，這燃起了在場所有人的希望。

自浩晨來到這後，UN人員三不五時就會討論著他，雅芸曾聽到他們提及浩晨這名感染者，每天都會有UN人員來找雅芸做訪談紀錄。

包括浩晨感染前的生活，讀什麼科系、曾說過什麼話、校內表現、平時的個性，疫情爆發後的生活模式，各種關於他的一切都要一五一十的告知。明天就要進入第二階段訓練，就是加法的教學，大家都對他特別有信心。唯一遺憾的是到目前為止，除了表現比其他感染者優秀外，令人期待的語言表達能力卻始終無法展現，浩晨來到這裡後還沒說過一個具體的詞彙，跟其他感染者一樣只會簡單發聲不會說話，就連雅芸親耳聽見的，浩晨說的：吃、餓兩個字，無論教員如何引導，浩晨就是說不出來。

這時雅芸被指揮官召見，請她協助這項任務，她被告知，等等她將破例脫下防護服跟浩晨接觸。

隨後幾位 UN 人員帶她來到一間教室，現場擺著攝影機及其他 UN 的記錄人員，這個陣仗比一般的感染者教學現場還多。

「接下來麻煩妳了。」前一位資深教員這麼對雅芸說著。

等等的數學課要教的是加法，但在場的人都知道比起數學課他們更期待浩晨能開口說話。

門緩緩推開，浩晨坐在地上玩著教具，傻呼呼的笑容就跟孩子般。

「浩晨，是我，還記得我嗎？」

只見他自顧自的玩玩具。

「我叫什麼名字？」

「我姓什麼？」

浩晨對這些話都沒反應。

雅芸握住他手上的玩具，浩晨停下動作跟她四目相對，不知道上次這樣沒穿防護服跟浩晨這麼近是什麼時候了？這一切都是交往前的事……在藏身處的時候他們倆曾有個夢想，就是有一天兩人可以不必再穿防護服的靠近彼此，只可惜願望實現了，浩晨也染疫了。

雅芸望著他，眼神百感交集，但這時候浩晨默默把眼神移開，繼續玩玩具。

這讓雅芸十分詫異。

「我叫雅芸，林雅芸。說，林雅，芸。」

浩晨依然沒反應，一旁UN人員則指示雅芸趕快進入教學正題。

他是怎麼了？難道說完雅芸的名字就又忘了？

雅芸跟以往擔任教員時一樣，準備幾片餅乾要感染者認阿拉伯數字，與此同時，外面又來了批有年紀的UN人員，看起來權力更大，在場連指揮官都要起身對他們畢恭畢敬，雅芸沒當一回事，將專注力回到教學上。

「來，浩晨、浩晨、看這邊！」

無奈浩晨似乎並沒有意識到自己的名字叫浩晨，叫他沒反應，只能用常規的教學步驟來引起他注意。

浩晨看到餅乾後眼神充滿期待，在雅芸的命令下他開始背數字１、２、３，不用多少時間他就能將桌上的教具對應到指定的數字卡面前，向雅芸領取獎勵。

經過一個上午，浩晨已經把原訂的加法目標給學完，甚至還有了十進位的基本概念，在場的人都十分開心，因為目前為止還沒有感染者可以學完十位數以內的加法。

指揮官要她繼續下個教程：減法。

雅芸注意到這些 UN 官員每個人都在討論剛才的教學模式，這大概是他們第一次見到學習力這麼強的感染者。

雅芸非常欣慰，這就是浩晨，我的男人就是跟別人不同。就算被 CSD.17 感染，在這麼艱苦的環境下還願意學習，就是不簡單。

稍作休息後，越來越多 UN 人員前來觀摩，連其他教員也爭相看現在的狀況，說起來真的蠻好笑，這麼多人來圍觀就是要來看浩晨學習減法。

雅芸整理下自己情緒，馬上又進入狀態。首先她用桌上的教具：幾片小樂高演示了５＋３＝８的排列，接著又把桌面上八片樂高移除三片演示了８－３＝５，但浩晨滿臉疑惑不理解，他認為只有加法才能得到獎勵，減法就會使樂高數量變少，離獎勵就會越遠。加跟減是完全相反的東西，浩晨一時間還無法調適，認為雅芸是在刁難，肢體動作跟喘息聲越來越急躁，他只想得到獎勵，在場人員此時都變得緊張起來。

「浩晨！看這裡，八……減三……少了三個就會變五。」

浩晨無動於衷。

「你看看，八個……變五個，這樣就有好東西喔！」她拿著餅乾示意著。

這時浩晨突然打了雅芸一巴掌，一個飛撲就把她手上的餅乾搶下並將雅芸推倒在地，野蠻的開始吃！

在場的維安組按照SOP立刻拿出鎮靜劑準備注射，卻被一旁的UN人員阻止，又叫了兩位維安組把浩晨架到一旁，現場指揮官對教學喊停，一旁UN高官交頭接耳的在談論什麼，然後紛紛離場。

其他UN人員上前關心雅芸並扶她起來，這次的教學看起來是失敗了，可對浩晨她依然有信心，這只是剛開始，後續他一定可以好起來！

雅芸收到指示先暫時退出，接下來由其他教員接手。

離開教室之際雅芸重新穿回防護服，子庭上前關心，剛才的一切她都看到了。

「剛剛就是那樣，哈哈，第一次這樣……」雅芸苦笑的撫摸著自己剛被打的部位這麼說。

「前幾天就跟妳說了，男性感染者會有這樣的危險。」

「算了沒辦法，這就是我選的男人啊。」

「妳真的愛他嗎？」子庭默默的問。

雅芸目光望著教室內的浩晨，子庭又接著問：

「就是……如果他真的變成就是一個……嗯……失智的人，妳還要這樣照顧他一輩子嗎？」

「我是沒想過，」雅芸若有所思：「想過……像是結婚之類的事情。」

「我交過很多任，我也從來沒想過會跟誰結婚。如果換作是我，我還真的不知道現在該怎麼辦……」子庭邊說邊無奈的傻笑，同情雅芸當前的處境。

「我想我還是愛他的，我也不知道為什麼，可能他曾經在意過我吧？就算他以後不能照顧我，沒辦法給我幸福，我覺得……我還是想跟他在一起。」

「如果他知道，他應該會很感恩說娶到一個賢妻。」

「如果是以前，我會希望找一個能力比我強很多、很聰明的男人，有遇到那最好，沒遇到也罷，大不了就是繼續單身，我也不會去勉強自己去喜歡不是我喜歡的型。但就是沒有如果，只有結果，現在結果就是……我愛他，就算他忘記……該怎麼愛我。」

雅芸回答得如此堅定，子庭點點頭，真心替她祝福，心中佩服她有這樣的勇氣。

「四十八號！」

雅芸聽到有人叫她，看過去是那群UN高級團人員，眾人穿戴防護衣根本分不出誰是誰。

「四十九號！」其中一位女性UN人員揮手。

走近仔細看，居然是瑪姬！

她們三人趁空檔到校園角落敘舊，那位口口聲聲說不想回台灣的瑪姬居然出現在這裡。她說其實她原本預計是要回加拿大了，船要先繞去上海接一些人一起走，可船才剛抵達上海，臨時接到聯合國給的消息，要緊急前往台灣，她既然是台灣人，自然的就被指派跟觀察團一起到台灣，協助他們翻譯。

「我真的很久沒回台灣了，已經跟我記憶中的不太一樣，有種說不出的感覺。」瑪姬看著校園又忘向遠處的山。

「我之前有想過要聯絡妳，但是我們沒有內網的權限。」子庭說著。

「不要緊，能見到妳們真好，只是穿著這防護服跟妳們講話還有些不習慣。」

「上次我們還在堪察加的酒吧聊天，時間過真快！」雅芸也加入了話題。

「嘖，真好笑，我那時候說我絕對不會回台灣，現在人居然在這裡，沒辦法，工作嘛。」

「瑪姬姐，妳該不會又要跟我們爆什麼料？」雅芸接著問。

瑪姬的表情馬上承認了她有祕密要告訴她們。

「當然有料嚕……」見子庭跟雅芸期待的眼神，瑪姬繼續說：「不瞞妳說，我最近在俄羅斯那邊聽到一個消息，這些病毒可能有智慧。」

雅芸愣了一下，自己雖然不是生物學系那些理組班出來的，但病毒有智慧這種事不仔細聽還以為是瑪姬口誤。這時瑪姬抿抿嘴，肯定的點頭：

「這些可能都是它們精心布局的，它們從二〇二〇年就已經開始在計畫整件事，先滲透、再擴散、然後快速變種突破各種防疫，等人類大部分都感染後再給我們最致命的一擊，是有謀略的，我們在第一回合就輸了，跟病毒共存就是向它投降。」

「這怎麼聽起來好科幻。」

瑪姬平淡的說：「我一開始也這麼覺得，妳們聽過真菌實驗嗎？我也是在這裡工作才知道有這些事。」

兩位女孩搖搖頭。

「那是兩年前牛津大學的一個實驗，應該說這實驗幾十年來很多學校做過，有一種叫做黏菌的菌，給它們在食物中間放障礙物，它們會用最短的時間摸索然後規劃一條最短的路來拿到食物。如果放陷阱，它們還會計算風險繞過幾條可能有疑慮的路。更神奇的是，從英國運來的黏菌跟美國運來的黏菌，這兩組黏菌從來沒有接觸過，英國的黏菌先走幾次迷宮得到最短路徑，同樣的迷宮給美國黏菌走，它們第一次就知道這迷宮的最短路徑在哪裡，英國菌甚至還能給美國菌標出陷阱在哪裡。」

「兩個隔開的培養皿？」雅芸問。

「對，相反過來讓美國的先走，英國的同樣也會一次成功，它們就算沒有相遇也能隔空發訊號去教其他同類怎麼走迷宮，科學還沒辦法解釋。」

「該不會是它們有什麼我們不知道的溝通訊號？」子庭疑惑。

「菌能這樣協調作戰，人怎麼有辦法對付？再跟妳們說，我們人體內的腸道菌可以控制我們大腦的情緒反應，還有控制我們的免疫細胞，我們以為發號司令的是大腦，但實際上大腦可能只是腸道菌的下屬而已，這次科學家也有想過會不會是新冠病毒也攻擊了腸道菌。喔，對了，腸道菌的DNA到現在為止人類還沒辦法破解，我想可能也沒機會破解了。」

兩位女孩手不禁摸著自己的腹部，腸子裡的菌比大腦還重要？這大概是這輩子聽過最荒謬的事了。

「所以，腸子裡的菌，還有那些會計算風險的真菌、黏菌，那些人類都沒辦法破解，那新冠病毒、CSD會具備這樣的能力也不意外了。病毒的構造又比細菌簡單，它只有一個基因外面再包一些蛋白質，可以感染細菌來幫它繁衍、變種……別看我是酒吧女孩，在這工作還是得自己多聽多學這些知識。」

瑪姬自嘲了下。

雅芸拉回正題：「那妳說，我們現在怎麼去跟這種……嗯，這種高級智慧體對抗？」

「我們這次來就是為了四十八號妳帶回的那個男孩，聽說他會說話。」

她們明白瑪姬指的是浩晨。

「知道現在捕獲的感染者，PCR有通過的有幾成？」

雅芸想了下：「大概四成？」

「其他地方也差不多。」

「不是說病毒傳染力只有半年嗎？」

「我剛剛說了這麼多真菌跟病毒的故事，是想告訴妳們……它們很聰明，以前流行的是CSD1.7，它的變種：CSD2.9現在又在蔓延，意思就是說它會再次確診，不管有沒有得過CSD1.7，下一代變種又會繼續，對腦部破壞力是沒前一代強，可是傳染力又比CSD1.7更強，一樣會威脅人類文明，那些PCR沒通過的感染者身上在傳染的已經不是

CSD.1.7，是 CSD.2.9，現在的 PCR 就是著重在 CSD.2.9，妳們看現在連狗鼻都比我們 PCR 還準。」

「可是我們才離開堪察加沒很久啊？這變種未免太快！」

「是啊，這是最近的事，在妳們離開前就有耳聞，我當時只是略知一點還不確定，所以我才會說要不要跟我去加拿大。現在的狀況是，聯合國那邊已經確定了這件事但還沒對外發布，總部那裡在找一些能力突出的感染者。」瑪姬說著說著，表情嚴肅起來：「總部準備撤退回北緯五十五度線內。」

子庭一臉錯愕：「那種子計畫呢？」

瑪姬搖頭嘆口氣：「可能得放棄了，因為 CSD.2.9 變化得又更快，超過總部原先的預期，未來幾天就會公布消息，只帶 UN 人員回去，會詢問妳們的意願是否願意跟著撤退，但這次我的權限就沒辦法帶上妳們到加拿大，妳們會撤到哪裡我真不知道。」

「可是這樣有什麼意義？」

「我們只剩最後一張牌可以跟病毒打！」瑪姬語氣顯得低沉：「要保全人類文明就必須完全阻斷病毒傳染，把病毒給隔離，最好的做法就是把我們剩下還沒被感染的人隔離在五十五度線以北。」

雅芸又提問：「那五十五度以南的人怎麼辦？」

見女孩們這麼想打破砂鍋問到底，瑪姬吞了下口水繼續說道：「我是聽他們說用 AI 模擬 CSD 系列的變種速度，五十五度線以南的區域，十年內會有七億人被感染，最後會剩下三億人，要住在與世隔絕的地方才能撐到疫情結束，到最後一位感染者消失，大概會再經歷十五年。台灣腹地小，就算有穿防護服也難免有閃失被感染，而且這裡蚊蟲多，那些都是感染源，所以妳們還是跟著撤退吧，總部沒辦法帶走其他倖存者，頂多一些婦孺跟孩子。」瑪姬又無奈搖搖頭：「我們已經盡力了，五十五度線是守住文明最後的一塊淨土。」

這聽起來聯合國是打算直接放棄北緯五十五度線以南的世界，將那裡的倖存者連同病毒永遠隔絕。幾十年後外頭的人類大部分都會消失……跟著病毒一起消失。

浩晨之所以還能成為 PCR 幸運通過的那四成大概是他自己已經在藏身處獨居很久，沒跟外面的感染者接觸。

「話說回來，現在我們還沒看到那位感染者有開口具體說了什麼話，報告只是說他感染前畫了很多素描，認知能力比其他人強，不知道這是不是有關聯？就看他明天的表現吧，若他能說話沒有忘記今天學的東西，我們就會把他帶回總部。」

「那他明天沒有說話或又忘記怎麼辦？」

「可能就抽血存些樣本，我們那邊已經蒐集幾個跟他一樣學習能力強的感染者了，現在就是缺會說話的。」

「我是說，他會怎麼樣？」

「沒怎樣，就是把他留在這裡。」

雅芸雙手不安的將手指交錯扭曲著：

「其實，那個感染者，他是我男友，他畫的素描畫就是在畫我……」

瑪姬聽了相當震驚，一時不知該怎麼回應。

種子計畫是建構在 CSD 變種株已經失去傳染力的情況下，人類可以重返五十五度線以下的世界，使用當地資源來復甦，現在事實證明 CSD 變種株它還存在，而且沒有疫苗跟解藥，就算蒐羅了幾位倖存者找出他們無法被攻克的 ACE2 受體細胞也不能代表什麼，因為現有的科學家沒能力將 ACE2 細胞複製到他人身上，而且只是歷代的變種株無法攻克，不代表之後的變種株不會攻克。倖存下來的人只能繼續待在五十五度線以上等它自然消失，且五十五度線以上的地方資源有限，總部無法把剩下十億多個倖存者人都接來，只能建議他們疏散，減少跟其他人的接觸。

或許在從堪察加出發前總部就已經知道種子計畫不可行，這點瑪姬也沒否認，這些原本培訓來重建世界的長照員、教員現在被用來做臨時基地的人員，蒐集認知能力強的感染者帶回總部，運氣好的話也許可以從他們身上找到些什麼線索。

瑪姬那群 UN 人員正是總部派來的觀察團，他們在世界各地蒐羅這些特殊感染者，完畢後就會啟動撤退計畫。

夜晚時分，五十一號拿著盥洗用具離開去洗澡，只剩雅芸跟子庭在房裡。

「剛剛瑪姬說的假如是真的，可能這個病毒就像什麼菌的這麼強，沒完沒了，那妳要留下還是跟他們走？」子庭躺在床上發呆，這樣問著。

「我想，我會陪我男友吧，他留台灣我就留台灣，他到總部我就跟到總部。」

「那倒也是，我會選擇留下陪我爸，就算這裡還是疫區，有危險，我還是會留下。」

「以前我就聽說有些人，父母一輩子省吃儉用把小孩送出國留學，小孩在國外發展很好，然後就不回來了，等父母走了才回來分遺產。」

「妳說得很對！」子庭翻過身望向雅芸：「在以前要是我爸給我錢出國，最好是什麼北歐那些漂亮且福利好的國家，然後又在國外混得很好，我就會像妳說的一樣可能就不回台灣了！」說著子庭又放緩語氣：「可是經過這年疫情，我才知道最珍貴的還是親情……所以我不會拋下我爸，就像妳一樣不會拋下妳男友，就算最後病毒真的一直變種，我因為留在台灣確診變成那些感染者，至少不會有遺憾。」

跟子庭聊完後，雅芸轉身離開寢室，腳步不由自主的加快，踏出宿舍往收容感染者的宿舍走去。

大門口有 UN 人員站崗把守，雅芸跨著步伐走進去，現場的 UN 人員見到並沒有攔阻或詢問，就讓她自由通過。

浩晨有獨立一間寢室，更正確來說這是一間教室改成的，課桌椅都被移除，地上放著各種不同的玩具，現場也有準備紙筆還有白板，其他教員鼓勵他畫畫來展現他的天賦並示範如何使用筆在紙上塗鴉，但浩晨似乎對畫畫沒興趣只對地上的玩具有興趣，自顧自的坐在地上摸著彈簧球。

雅芸慢慢接近他，來到他身邊坐下，其他教員默默的退出教室讓雅芸跟他獨處……

明天就是決定浩晨去留的日子，大家都知道 CSD 系列的變種病毒的可怕之處就是在人睡去後會開始失憶，在第二期的時候就時常發生醒來後就忘了自己是誰，每睡一次，智力就明顯下降一次，第四期後基本上已無記憶能力，只剩簡單的吃喝拉撒等動作可以被訓練，基本的積木測試等認知能力還能保留。但除此之外，之後便沒有邏輯思考、前因後果、幾何概念等這些學習力，若今天所學的阿拉伯數字明天醒來後忘記的話那就證明浩晨跟其他感染者一樣失敗了。

「浩晨……」她撫摸著那位大男孩頭部：「你是真的忘記我了嗎？」

浩晨沒回應他，只是放下玩具的發呆。

「還是你只是在生我的氣？」

她注意到浩晨的臉有些疲憊，曾經陽光天真的大男孩現在卻如此憔悴還有些憂鬱的樣子，雅芸知道他空洞的眼神表現不出任何愛意，就是完全的陌生人。

「好，沒關係……至少我還記得，我愛你……」

浩晨眉頭皺了下，就像一隻小貓一樣將身子放柔軟，緩緩的躺在雅芸的大腿上。

「累了一整天了齁，今天表現很棒，你真的好厲害……」

就這樣，浩晨睡意越來越重，就在雅芸腿上睡著，這種安心的感覺好久沒有了，過去是躺在浩晨的懷裡，現在是浩晨躺在自己懷裡，那個溫暖不曾變過。這時其他教員接手將浩晨蓋上棉被讓雅芸抽身。

剛才的那番話，浩晨是聽懂了嗎？

「指揮官找妳。」

現場的教員要雅芸前往校長室。

前往途中，雅芸的腦袋都在思索剛才的一切，浩晨是否還對她保有記憶？

「指揮官！」雅芸進門後馬上找位置坐下，彼此拿起桌上的電話透過翻譯交談。

「四十八號，現在情況是這樣，妳的男友是目前台灣收容的感染者之中認知力最強的一位，但我們在世界各地已經找到蠻多位跟妳男友能力差不多的感染者。只不過……還沒有任何感染者通過加減乘除的測驗，更沒有感染者會說話，因為他們除了知道怎麼跟我們溝通要吃喝拉撒之外，其他學到的東西一睡就忘，就連他們自己睡前藏在枕頭下的餅乾隔天醒來也會忘記自己昨晚有藏。」他說著說著雙手不自覺的在胸前比畫著：「所以！妳必須讓他開口說話，任何一句話。就像妳說的他曾經講過餓跟吃兩個字！」

雅芸開始懷疑她當時是否聽錯，浩晨並非說話只是嘴巴隨意發出的聲響，但她的確聽到浩晨有說雅芸的名字。

「妳也看到了，今天我們有訪客，他們是總部派來的，如果妳男友可以講話，讓我們的訪客見識一下，那我們會把妳男友接回去總部接受更進一步的訓驗還有治療，也會帶上妳一起回去。」

「請問，是繼續研究他還是治療他？」雅芸跨出保守的一步，大膽的質疑這件事。

「都是！」指揮官並沒有擺出架子，反而平淡的繼續說：「孩子，我們在台灣的任務要結束了，我們要回五十五度線了，我這幾天就會跟大家宣布這件事，妳可以跟我們回去，但是妳男友如果沒讓觀察團滿意，那就沒辦法帶上妳男友。」

「指揮官，我們在堪察加訓練半年的種子計畫失敗了嗎？」

指揮官抿了下嘴，眼神飄到他處：

「情況有變，孩子……這就是現實。」

這段話語意不明，但雅芸不會懷疑是翻譯有問題，因為指揮官的說詞跟瑪姬說的消息不謀而合。

「明天由妳擔任教員，這次我們沒給他注射任何藥物，就是想看患者是否有自癒能力，只有一次機會，解散。」

雅芸步出校長室，心中充滿不確定。沒意外的話浩晨學的東西可能都會忘記，若真的只是當時聽錯，浩晨並不會說話，那就更不可能達成讓觀察團滿意的目標。

在那之後——

第二天一早，浩晨所處的教學大樓已有許多人進出，剛好有空檔的子庭也擠進去看即將開始的教學課程，瑪姬也陪同觀察團的長官在現場觀摩。

只不過今天的浩晨似乎特別躁動，課程還沒開始他就無理取鬧想吃東西，藉摔東西來表達不滿，在旁的維安組準備要給他射麻醉槍，直到雅芸出現在他面前，浩晨才停止情緒，教室外的觀察團及其他人也紛紛安靜下來。

浩晨笨拙不會講話，只是從眼神看的出來是對雅芸友善的，但對身後的其他人保持戒心，雅芸揮手示意要維安組走開，這才讓浩晨稍稍安心。

雅芸進教室後把帶來的教具箱放好，將窗簾全部拉上，其他教員也離開，整個空間只剩雅芸跟浩晨兩人。

就算明知道有攝影機，她仍盡量讓兩人覺得這裡是他們獨立的空間。

「嗨……昨天睡的好嗎？」

浩晨剛剛還像個鬧彆扭的小孩，現在突然變得溫馴。

「你是不是在等我？」

浩晨並沒有什麼回應，外頭的人們有些失望，若感染者能夠點頭或搖頭那代表聽懂人話，目前來看是無法。

雅芸把目光望向教學箱緩緩拿出數字卡：

「還記得這是什麼嗎？」她照著字卡上的數字報數，又拿出其他教具要他排列，她拿出塊餅乾放在浩晨嘴邊。見他想吃又收回放入自己嘴裡。

雅芸在數字2跟數字3分別放上兩顆及三顆教具球，並拆了包餅乾自己吃掉一片，又交給他幾顆球要他將球放在相應的數字下以獲得獎勵。

浩晨似乎明白了意思，但他皺著眉用手不斷抓著太陽穴，他無法判斷數字1該放多少顆球，他小心翼翼的將球放滿所有的數字卡，雅芸這才把手中的餅乾交給他吃。

當然，所有放置的球都是錯誤的，這個結果在這並不讓其他人感到意外，因為這代表跟其他感染者一樣，昨天學的東西今天就忘。

雅芸嘆口氣，跟浩晨額頭靠額頭，撫摸他後腦勺：「你今天表現的很好……你很棒。」在場觀摩的UN觀察團在外頭交頭接耳，看來是準備離開了。

其他教員也為這次的失敗替雅芸感到難過。

一切都失敗了，現在也沒什麼好說了。雅芸好像放下重擔一樣，可以跟浩晨聊聊，她很久沒這麼自然跟浩晨好好說話。她平淡的對浩晨說：

「我知道你聽不懂我的話，沒關係，我還是要說……對不起，以前我拼考試沒想交男友，你也不是我的菜，所以當初一直沒把你當一回事。可是一起經歷這麼多事才知道你的好，才跟你慢慢的在一起……」這些話就像對牛彈琴，浩晨大概什麼也聽不懂，但現在還能怎麼辦呢？

雅芸從資料夾拿出一張他畫的素描，畫面中可以看到雅芸側臉擺弄頭髮沐浴的樣子，正享受著天降甘霖，這是模擬雅芸在那個藏身處頂樓簡陋的淋浴間。

「你這死變態，幹嘛畫我洗澡……」

又拿出一張雅芸趴在桌上睡覺的畫像，在藏身處時，有幾次睡午覺，那時候的身影被印記在浩晨腦海裡，也這樣被畫下來。

「還有這個……把我畫這麼醜。」後面還有很多從藏身處現場帶回來的素描畫，到後期的畫功不斷退步，最後畫得不成人樣，看到這雅芸終於忍不住內心的悲傷，滾燙的淚水，一滴滴的落在畫紙上。

外頭原本要離開的觀察團又紛紛轉身將目光放回監控螢幕，瑪姬一面翻譯又一面解釋目前的狀況。

「你還記得你第一張就是畫我當生日禮物嗎？」

浩晨發著呆沒回應，雅芸擦拭眼淚穩定情緒，臉頰上沾著滾燙的淚水，又拿出一張她做數獨的畫像：

「我們每天都會這樣做題目抽考單字，有次叫你拼 magnificent 你不會拼就拼 Love 給我，真的很……」

一臉呆滯的浩晨突然動嘴：「L……L……」

雅芸望向浩晨，想繼續聽他想講什麼。

「L……L……Love……」

在場所有人看著監控螢幕面面相覷，大家都在懷疑自己是否聽錯?!浩晨又開始動嘴：

「ma……ma……g……ni……ni……fen……nifen……」浩晨一下皺眉一下又揚眉，嘴角不停顫抖。

magnificent?莫非他還記得這字?雅芸心中驚訝到不行。

「M、A……G……」

雅芸的嘴型不斷的提示發音。

「G……N、I……F、E、N……雅芸……雅芸……Love 雅芸……」浩晨不斷反覆說著雅芸這兩個字。

儘管最後還是拼錯，從片段的詞彙可感受到浩晨絞盡腦汁要表達的意思，雅芸將他擁入懷中，想到一起渡過疫情的日子，在那棟辦公大樓，在最艱苦的時候正是浩晨將她擁入懷裡的。

他停止說話，只是任憑口水從嘴角緩緩流下，靜靜的在雅芸胸口閉起眼睛享受這消失已久安心的感覺，此刻不需要語言，雅芸的動作就在告訴他：放心，沒事了，這次由我照顧你。

浩晨說出了一個不完整的單詞：magnificent，跟兩個單詞：Love、雅芸。這對人類來說是疫情爆發至今最重大的突破，畢竟還沒有任何過四期的感染者能使用語言。

原本在教室外頭該對此事雀躍的眾人卻在此刻十分安靜，大家不約而同嘴角上揚看著監控螢幕，心想就這樣讓他們兩個在這裡好好相處吧，別去打擾他們短暫溫暖的時光。

教學大樓的走道兩側站滿了穿著防護服的眾人，雅芸牽著浩晨的手緩緩走過，大家紛紛點頭致意，鼓掌聲慢慢響起迴盪在走道。

順著教學大樓的走道朝門外移動，雅芸穿著白紗頭戴桂冠、彩帶飄過，教堂鐘聲響起，地上的紅毯是兩位新人的專屬通道，在紅毯旁拍手祝賀的賓客不再穿著防護服，而是著正裝的帥哥美女，瑪姬與指揮官拍手祝賀，子庭帶著五〇號、五十一號拉著彩炮，阿偉學弟也在現場興奮的說些祝福話。

浩晨的頭髮面容不再凌亂，回歸以往帥氣的臉蛋，這位西裝筆挺的男士望向她微笑，繼續向前走。雅真拿著手機要她擺姿勢，在妹妹身後還有許久不見的大學同學跟其他好姊妹們，爸媽也到場了，對於嫁女兒感到不捨卻也十分欣慰。

這場世紀婚禮只存在雅芸的腦海中，她知道這一切只是美好幻想，不過沒關係，能走到這步已經很滿意了。

祝福的掌聲依舊，畫面拉回教學大樓，雅芸牽著他愛人的手，浩晨也許明白，也許不明白現在的狀況，但他知道身邊的女孩很愛他，她也是自己世界上最重要的人。

我愛妳。

浩晨腦海裡出現了自己的聲音。

春天——

過了幾天，也許是幾個月，還是幾年。

台北那座藏身處頂樓上幾處長了青苔，其他大樓的外觀也都如此，麻雀吱吱喳喳停在頂樓稍作休息又飛走。

那被吹垮的簡陋淋浴間還留在那裡。

聯合國官方頻道主播正報導種子計畫最新進展，浩晨與雅芸的個人照也被放置畫面右上角展示：

「……這位台灣男孩成為全球第一位能表達語言的感染者，位在魁北克的研究機構表示，個案在畫面中這位女孩的陪伴下曾在短短八天內智商奇蹟似的提升到十一歲，據報告指出，他在感染後運用畫作來支撐關於愛人的僅存記憶，當事人正好是原先種子計畫的女孩，再重新尋獲他後透過引導回憶這段愛，使其腦內啡及荷爾蒙大量提升，讓原先損壞的腦部細胞逐漸活化，我們正試圖複製這項經驗到全世界，是否成功仍是未知數，這牽涉到個人體質、年齡、腦細胞損害程度，但專家樂觀表示……」

疫苗終究沒辦法跟上病毒演進速度、輔助藥亦無法讓感染者恢復。

「愛」是人類最難解釋的詞，而「愛」或許就是這場世紀瘟疫下的解藥。

微風吹拂，浩晨坐在大草原上塗鴉。望著他的背影，雅芸拿著鉛筆繪著素描，將浩晨畫畫的樣子記錄下來。她拍去紙張上的橡皮屑並滿意的微笑著，準備上前送出給他的第一份小禮物。

今天是浩晨的生日，不知道他是否還記得？

Story 64

55°的距離

作　者—鄭亦翔
責任編輯—陳萱宇
主　編—謝翠鈺
行銷企劃—陳玟利
封面設計—文皇工作室
美術編輯—菩薩蠻數位文化有限公司

董事長—趙政岷
出版者—時報文化出版企業股份有限公司
108019台北市和平西路三段二四〇號七樓
發行專線—（〇二）二三〇六六八四二
讀者服務專線—〇八〇〇二三一七〇五
（〇二）二三〇四七一〇三
讀者服務傳真—（〇二）二三〇四六八五八
郵撥—一九三四四七二四時報文化出版公司
信箱—一〇八九九 台北華江橋郵局第九九信箱

時報悅讀網—http://www.readingtimes.com.tw
法律顧問—理律法律事務所 陳長文律師、李念祖律師
印刷—勁達印刷有限公司
初版一刷—二〇二三年八月十一日
定價—新台幣三六〇元
缺頁或破損的書，請寄回更換

時報文化出版公司成立於一九七五年，
並於一九九九年股票上櫃公開發行，於二〇〇八年脫離中時集團非屬旺中，
以「尊重智慧與創意的文化事業」為信念。

55°的距離/鄭亦翔著. -- 初版. -- 台北市：時報文化出版企業股份有限公司, 2023.08
面；　公分. -- (Story ; 64)
ISBN 978-626-353-848-1 (平裝)

863.57　　112006970

ISBN 978-626-353-848-1
Printed in Taiwan